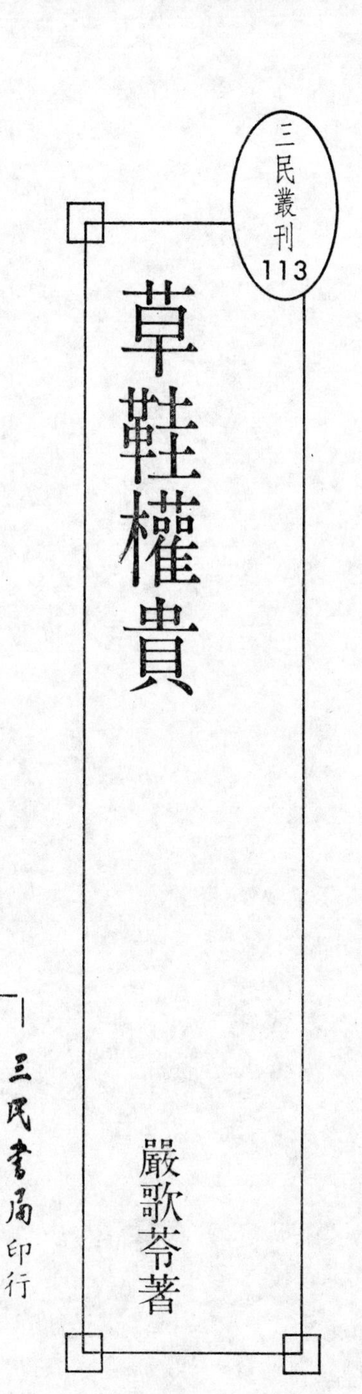

三民叢刊 113

草鞋權貴

嚴歌苓著

三民書局印行

一

霜降跨進地鐵車廂。到最後兩班車時，醜姑娘都會被人盯著看了，何況霜降不醜，旁的鄉下女孩，頭回到北京這樣的大都市，一瞅就讓人瞅矮了，她不。她一雙墨墨黑的眼刹時就反咬住無論從哪方伸過來的目光，逃得再及時，也難免被那眼咬著攆一截。

霜降下了車，嗅到自己身上淡淡的汗臭。她沒有買火車票，到北京的一路被檢票員攆下車四五回，她換乘了四五趟車，總算一分錢沒花在路費上。她穿一條假絲裙子，光線稍微亮一點，就透出裏面的彩色內褲。很快她就懂得，裙子貴賤不要緊，襯裙是一定要穿的。男朋友迎出來，怨她不打個電報通知一聲火車班次。男朋友是她中學的同班同學，比她大好幾歲，後來她升到高年級他卻仍留原來的班。他參軍後給霜降來了封老厚的信，說他和班裏其他男同學一樣，一直是悄然無望地愛著霜降。通了一年多的信，他在最後一封信裏夾了二十圓錢，邀霜降逛逛北京。許多鄉下女孩都在北京給人做女佣，他認爲霜降一定能在頂好的人家混上事由。就像他服務的那種深宅大院。霜降打量著他身後高院牆裏的小樓，問：「我住哪？」

「有空房，」他鬼笑。「老爺子的大兒子一家出了國，叫我常給他們房子開開窗透氣，抹抹灰塵什麼的。我獃子啊？給他們使著不掙一個錢。你住進去手腳一定要輕，要出門逛，早上早早就跑。除了老爺子，這院裏都是夜裏吃白天睡的人。老爺子看見你不要緊，反正有七八個小保姆都和你差不多年紀，他分不清誰是誰。」

他說的「老爺子」是這院的主人，一個名氣很響、有許多英雄傳說、軼聞加醜聞的老將軍。他是老將軍的警衛員。他光著背，卻掛著手槍，霜降覺得他看去像舊時打手或家丁。他接過霜降手裏的一隻竹簍，每上一步樓梯脖子都伸一下再縮一下。霜降笑，說他像個偷瓜賊。

霜降很快被引進一間大房，地是兩色鑲的拼花地板，所有窗子都墜著紫紅的絲絨窗帘，開燈不礙事，樓上有幾隻腳有板有眼地跺著：什麼入時音樂在惹他們發瘋。

見男朋友把竹簍擱在門邊，霜降提醒他別讓簍子倒了。問裏頭裝了啥，她笑，笑裏有戲。霜降用手輕輕觸那床，彷彿它是脆的或嫩的。然後拿屁股小心著壓上去，又驚又興奮地一縮頸子。之後她橫下心似的往上一躺，人浮沉幾下。

男朋友靠攏過來，帶一種企圖和試探的表情，霜降喝住他。緊急當中，她連他名字也忘了。他名字又土又拗口。並且他叫什麼名字都無所謂，像霜降這樣靈透靈透的姑娘一旦開始了自己的故事，馬上就跟他沒關係了。

「你還不走？我想睡了，明一大早我要出門！」霜降說。

「明天我好好跟老爺子求，請出半天假來，我領你逛北京！」

「我一人逛，北京城敢不認我？」

「北京人聽人講外地話，還不把你往死裏欺負！」

「那我，就講北京話，」她一變腔：「前門兒到了，有到天安門、大柵欄兒……」僅僅一路地鐵乘過來，她把報站廣播學了個活脫脫。這時她拉開壁櫥門，楞住。她原以為這門後是厠所，男朋友笑起來，壞笑。

「笑什麼，我曉得裏頭不是茅房！」她嗆嗆道。她知道他等她犯錯誤，或少見多怪地驚叫，他好為她解釋這個那個。比如梳妝臺上那個乍著刺的、像仙人掌的玩藝是女人刷頭髮的；天花板上的四片船槳叫電風扇。霜降偏偏不問，心想，等我一個人時，我來慢慢研究怎樣用每樣東西。

男朋友打開另一扇門：「這才是茅房！」

霜降截了他的話：「我曉得那是馬桶！曉得城裏人編鄉下姑娘的故事，說她們在馬桶裏洗腳洗衣裳！」她心想：學會坐著解手可不是件容易事，就怕手解不出，坐那兒打起瞌睡。

睡到天擦灰，霜降被什麼響動驚醒。一看，沒拴緊的門被風吹開了，再看，門邊那個竹簍倒翻了，裏面十來隻鱉跑得一隻不剩，聽人講鱉在北京賣百來塊一隻，霜降沒帶錢和衣裳來，這簍鱉就是她全部行李。她顧不得穿整齊衣服就順走廊找去。走廊那頭的一間房烏蒙蒙亮著燈，她發現一羣甲魚全聚在角落裏。有一隻探了半個身進那屋，門底縫太窄，它進退不得，正被夾得張牙舞爪。她將其他甲魚捉進竹簍，便來處理門縫裏最淘的那隻，剛一動作，門砰一下開了。慌壞的霜降仰起臉，見門裏站了個灰白臉男人，滿面孔煩燥，頗年輕的身坯，頭卻是半禿了。

「呀，對不起！……」霜降站起身，想在他盤問前逃掉。她手已被逮住。

「你是誰？」男人問，樣子不兇，卻很陰，怎麼有這種臉色？灰得像水泥。霜降編不出妥當的謊，只有被他捉著。

男人又問：「新來的？」

霜降快快點頭。聽說這院子的小女佣不斷被辭舊迎新，一時誰搞得清。男人從頭到腳細瞄她，已不再逮緊她手了。霜降一身碎花薄棉紗短褲褂，舊了，也嫌窄，胸脯在裏面撐得滿滿。

「進來。」男人說，根本不問：你願不願、想不想之類的話，也不說「請」。

「你一個人？」霜降問。

「兩個，」等他將她讓進屋，他又說：「加上你。」

霜降立刻扭頭去看門。門已被掩緊，門下那隻鱉在拳打腳踢。她轉身踏住鱉伸長的頭與頸，抓住它背與腹，從門縫拔出它。「看！」她歪頭一笑，呲了顆虎牙出來。

男人掩飾著驚嚇與嫌惡。「才從鄉下來？看樣子是才進城，還沒來得及學壞。十八歲？」他很順手地捏捏她下巴。輕浮到如此自如的程度，反而讓人服貼了。

霜降昨晚聽說這院的將軍老爺子娶過三房老婆，結髮的那位在他跟紅軍走後便不知流落到哪裏去了。第二位生了兩個孩子後讓將軍當時一位上司看中，被將軍拱手相讓了。第三位生了七個孩子，其中一個生出來與老頭的秘書長的一模一樣，從此夫人便在這家中大氣不出了。霜降斷定面前這位是老將軍的九個龍種之一。

「你怕？」霜降把甲魚肚皮朝天擱在地上：「這回看你再動彈！」她對甲魚說。「青肚皮呢！青肚皮比紅肚皮難覓，因爲紅肚皮的住在水淺的地方，長的也比青肚皮快！……」她認眞瞪著甲魚，眼不閃，鼻孔也撐圓了。男人在一步以外的地方再從腳將她看到頭，霜降曉得自己生得很俏。即使世上沒鏡子，男人們的眼神也會告訴她。說他請霜降坐。這屋有地毯，滿地是枕頭、毛巾、毯子。不久霜降知道，他一鬧失眠就這樣造反。他懶散地轉身往冰箱走，褲子寬大，飄得像他沒腿也沒屁股。他從冰箱裏取出一聽 Coke 扔給霜降。

「喝。我叫四星。是我家老爺子升四星上將時生的。」說著，他盤腿坐在地毯上，手指飛快地捻動一副撲克牌，擺起某種牌戲來，但不超過兩分鐘，他準定攪和了它們重擺。

「唉，你跟我說話。」他說。

「我叫霜降，……」她看出他一點不老，半禿的頭造了個老氣橫秋的假像。

「接著講。你沒聽見？你得跟我聊天！」

「現在幾點？」

「管它呢。唉，講話講話！」

「……我要回去睡覺。」

「就睡這兒，那是床。」

「……我要回去。我走啦？……」霜降覺出一點兒蹊蹺和恐怖。這屋和這男人都不對勁。她輕輕擱下未啟的 Coke，實際上她根本不知它是什麼，一隻冰冷的金屬筒，只讓她感到幾分兇險。

「站住。你不能出去。這裏是牢。」叫四星的男人說。「你進來了，就跟我一樣，別想出去。這屋眞的是牢。」

霜降環視一眼，倏地笑起來。這屋有點瘋顛迷幻的氣氛，但怎麼也不可能是牢。她笑得嘹亮；從裏到外笑透了。霜降就這點好，不怵生人，不在乎高低文野。她笑時四星停了牌戲盯著她看，既驚訝又羨慕：她笑得多麼好啊。霜降笑時想，好日子容易養瘋人。這屋雖一團糟，但沒不精緻不高檔的物件。地毯、壁毯、水晶吊燈就有三隻不同的。一屋子擺設足足夠裝璜十間屋子。若它被稱爲牢，天下人都會去殺人放火情願被囚進這種「牢」。

「你笑什麼？我神經？喝醉了，滿口胡話？狗娘養的騙你！這裏眞是牢房。」

霜降仍帶著逗醉漢或瘋人的神情，問：「你不能出去？」

「出去會被五花大綁綁回來。」

「跑快點，跑遠些！」

「槍子兒會攆上我。」

霜降咬住下唇：笑憋得她鼓了兩腮。四星又開始擺另一局牌，沒擺完就一把收攏了它們，他瞅定霜降，浪氣地半瞇眼。「知道嗎？你是一貼補藥，男人看你一眼就是大補。」他擱下手中的牌，站起身。霜降想，他可別由文癲子變成武癲子。「我睏死了，我要回去睡了。」她仍笑，但眼已四下掠了一遍，看看有什麼能操到手，一旦他瘋得動粗，她好砸他個劈頭蓋臉。

「我告訴過你：床在那兒。」

霜降發現他已逼得相當近。她一下站起來，拳頭捏得實實的。近看，四星的臉清濯，還有幾分典雅。那雙眼不像所有瘋人那樣空白，帶著魂魄散去後的超然。四星眼僅盛著深極的寂寞，絕對的疲憊。他半點不瘋，霜降斷定。但他究竟怎麼了？

「你長得……」四星伸手，又想捏她下巴或臉頰，她用力躲掉了那手。「你長得比較混賬。」

「你嘴乾淨點。」她斥道，並非眞惱。霜降並不是個純眞得連打情罵俏都不懂的女子。

「這院子沒人嘴乾淨。媽的，我喜歡你。你的混賬小樣讓我喜歡你了！」他將兩手搭在她肩上。它們是懶的，冷的。

霜降有種感覺：只要她一撤身，他就會倒伏下來；似乎他的重量全擱在兩手上，她架著他，或被他拄著。

「摸摸我的臉。」他說，霜降照辦了，「我他媽的不配喜歡你嗎？小鄉下妞兒？」他柔情地說出這些流裏流氣的話。

霜降從未設想過事情會這樣開始。也未料到會有四星這樣的男人存在著：把他突發的鍾情表達成輕賤。一種遙遠的卻與生俱有的騷動在霜降身心中出現了。下一步該發生什麼她似乎並不清楚，但她知道會有下一步。她拿不定主意到時候要不要呼救和踢打。不知怎麼，這情形與她聽說的強姦或誘姦都不相同：她的肉體似乎正違背她的良知，正趨迎那「下一步」。她不情願那「下一步」的發生，卻也並不覺得十分嫌惡和懼怕它。

瘦長的四星站在那裏，看上去那麼不結實，要從他手裏掙脫出去太不難了。霜降想像不出一位闖天下雄關的將軍的血，流到這副身軀裏已近乎死寂。一位掛軍三軍的武士，竟投下一個如此單薄的影子。

霜降往後撤一步，他手墜下來。她拾起四腳朝天的甲魚：「你要不放我走，我就……」她猛地將甲魚向前一送，一臉肌肉都在使勁，越發顯出一種孩子氣的、不當眞的威脅。

這回是四星笑了。以後，他們熟了，霜降知道，直到見到她，他已很久沒笑過。四星還告訴她，不知她的哪一點引起了他抽風般的快樂。當然，他解釋了好些天才使霜降明白：他一開始說的「坐牢」並非戲言，無論從形式到實質，他都是個服大刑的囚徒。

四星一把抓過甲魚，眼也不眨地從窗口扔出了它。霜降「哎呀」一聲撲向窗口。

「我拿它賣錢的！你得賠！……」

「賠，賠你。」四星微咬著牙。他拉住她頭髮，把她臉拉得仰向他。他個高，並不因爲半禿和面色惡劣就失去全部瀟灑。「我有的是錢，小村姑。」他也不像她想得那樣羸弱，很快就將她平擱到床上。

霜降想：她若叫喊，人們可以救她，但之後就會攆走她。她是那樣不明不白潛入這座將軍宅院，人們很可能會先制裁她。

霜降見那張死灰的臉「呼」地向她壓下來，卻沒有碰她。那冷的、乾澀的臉在她耳鬢處拱了幾拱，便離開了去。等了一會，霜降感到自己仍被完好無損地擱在那兒。一股香煙味飄向她。她睜開眼，發現四星不知何時側臥在距她一尺的地方，吸著煙。

霜降剛想坐起，他按住她。「安份待着，我不會強姦你。你是怎麼來的？怎麼闖到我這牢裏來了？你不知道我是什麼東西嗎？全家小保姆都知道我幹過多少缺德事。沒人理我，老爺子不准任何人理我。」

霜降不得不講清自己的來歷。四星在她敍述時抓著她的手，不時將一截截煙灰彈進她掌心，再將它們捻碎。

「想聽聽我的事嗎？」四星眼珠向上翻一下，像認眞追憶什麼：「我走私。嗯……受眖，透露國家經濟情報。還幹過軍火販子。我爸把我送上了法庭，後來又保我出來，指定這屋子做我的小號——懂嗎？就是牢監。我已經兩年沒出過這道門。眞的牢監好歹有件，急了還能越獄。可父親給的牢，人是逃不出去的。我知道沒機關槍對著，沒電網圍著，可就是沒法逃。」

霜降瞅著他，猜度著他幾分眞話，幾分瘋話。

「法律只是一個牢，出去了，就不再有牢。我這個牢呢，出去了還有法律的牢。實際上我是被關在雙重牢裏。在眞正的牢裏一定可以睡著覺。去幹苦力多好。去出臭汗，去捧著大碗喝糙米粥，去聽別人打鼾，去讓人成羣結隊趕著，跟牲口一樣，今天趕到這兒明天趕到那兒，你可以忘掉自己是個人，去找一種牲口式的快活。在這個牢裏，你看見了吧，沒一樣東西變動，會變；什麼都不是新的、活的。我哪兒還是個人，我還沒死就成了塊臭肉，孤鬼……」霜降聽他絮叨，不完全懂。尤其不懂他怎麼拿應有盡有、富麗堂皇的屋去比眞的牢監。霜降抽身，四星沒捺住。他吼起來：「你敢走！」吼時，眼很絕望的樣子。

「誰說我要走啦？」霜降說：「你說這屋跟死了一樣不會變，你自己不會變變它？你又不是死的！」她快手快腳地把散亂滿地的印有電影女明星大臉的畫報疊摺好，放進擱滿酒瓶的書架，又把幾拾隻酒瓶扔進一個塑料筐。她想著幹著，把一些家俱和小擺設也挪換了位置。四星在厠所擺了幾把牌，出來說：「是跟換了個地方似的。不過還是個牢。」

「誰讓你作孽作多了？」霜降一手挽住長髮，嘴裏叼著髮卡，露出粉茸茸一張臉。

四星翹著一隻嘴角打量她。「你過來，小鄉下妞。」霜降牙齒銜著髮卡搖搖頭。「我們來做這協議好不好？」

「不好。」霜降別上髮卡說。又問：「不過，什麼叫協議？」

「你不要走了。我給你錢。在這裏陪我……」

「陪你坐牢？」

「你給我住口。」四星盤腿坐下，並打手勢讓屋那端的霜降也原地坐下。「我不對你幹什麼，我就是想有個伴。沒人知道你在這裏，我給你錢，你伺候好了我，我會多給你。不錯吧，小村姑。我怪喜歡你的。你看，你那雙混賬眼睛敢這麼看我。去問問看，哪個小丫頭敢對四星這麼瞅？找死啊。在全北京的高幹鬼子裏，四星指哪兒打哪兒，我有的是錢。兩年前判我時給我過選擇，要麼坐二十年牢，要麼把錢都吐出來。我選了坐牢。我們老爺子很快就把我的二十年刑減掉了十年。哎，你喜歡錢嘛？」

「喜歡。」霜降答。

「喜歡我嗎？」

「不喜歡。」說完她笑了。

「每個跟我湊近乎的女人都說一樣的話：不喜歡錢，喜歡我。眞讓我想吐。我這人沒錢是糞土一堆，我比誰不淸楚？連我都是愛我的錢超過愛我自己，不然怎麼會爲保住錢讓自己坐牢呢？好，好，好。現在我和你有了個絕對好的基礎——百分之百的誠實。我這人壞，但是誠實地壞，我讓所有人都對我做好充份防禦。」他邊說邊拿一隻電動剃鬚刀在臉上磨，五官不斷變位置。

霜降打了個長哈欠。天已大亮，痲將聲，音樂聲沉杳了。霜降正要開門，四星停了手裏嗞啦響的剃鬚刀。

「你現在不能出去了。聽——」

樓下傳來一聲迴腸蕩氣的大罵：「祖宗的！都是瘋狗——車撞掉老子那麼多櫻桃！」

霜降從窗帘縫隙往下看，見一位身段極直，黑眉白髮的老頭站在院子當中。他穿一條軍褲，上面是一件士兵的黃襯衫。軍制服被他環繫在腰上，像剛結束一場拳術練習。他倒不是人們印象中那種臃腫痴肥的老軍人。

「只要他一罵娘，人人都知道天亮了，他是我們家的報曉鷄。」四星說。

二

花了十天，霜降才賣掉了全部甲魚。沒降一分錢的價。霜降那不依不饒的勁頭讓買家幾乎發了怒，最後又全向她妥協。在買主被激壞脾氣時她會倏然一笑，隨之，他們就舒舒服服吃了這個虧。

霜降有生以來頭次有這麼多錢。男朋友提出下趟高級館子，「你作夢」，她說。

她想買些衣裳，卻一點想法也沒有。突然見一幅電影廣告上的女演員上著黑襯衫下著牛仔褲，便照了樣買了黑襯衫和牛仔褲，頭髮也仿照著直直披散下來。到銀行存錢時，被問道：「工作單位？」她便明白，她已被誤認為北京城的姑娘了。

這天晚上霜降被帶去見程司令員——其實他已不在職，他統帥的那支部隊被裁軍百萬時裁掉一小半，現任的司令員軍階和資歷都是他兒子輩兒。但誰也不敢改口，仍對他一口一個「司令員」地叫。程家院裏一個小保姆因為飯量太大，得不到滿足，便去公共大食堂偷偷幫工，掙雙份工資和雙份口糧，最終她的不忠實被其他小保姆罵架時罵了出來。所以霜降便有了空缺可塡。

程司令在見霜降的刹那猛欠起身，表情和姿式都靜止了足足兩秒才落回座位。老頭有張神氣蠻橫的臉，還殘存點英武。他脖子紫紅，但並未進入老年期那種鬆弛。霜降想，四星若與這位父親來蠻的，他一定敗給老的。兀突地，程司令發起怒來。

「我這個院子是在開戲班子嘛?!啊?!……」他頭扭向左右，但周圍沒人。霜降傻了，不知老頭在跟誰翻臉。這時孫管理員立刻從門外閃進來，輕捷得像條影子。孫管理是負責首長們的家政勤務，如安插保姆、護士、秘書、警衛之類。

「程司令，是這麼回事……」他笑時不知何故要露下舌頭。

「我家不是戲班子！」老頭打斷他：「你不用盡挑些臉蛋子往這裏送！你不看看我這個家——還不够亂嗎？我那幾個雜種兒子，見了女人誰肯省事！……」

「首長，是這麼回事，您先別埋怨我……」孫管理一口中肯純正的北京話。他不斷變換兩腿的立足點，霜降明白那是因爲他的腿長短各異。人當面背地都叫他孫拐子。「昨早晨您的警衛員小趙打電話說孩兒媽要見我，說急缺一個小保姆！……」

「孩兒媽揷手這事啦？」

程家院的人都知道，司令夫人除了被稱呼「孩兒媽」沒其他任何尊稱。連她大號都沒幾個人知道。

「其實孩兒媽也是替……」孫管理再次換立足點。

「往下說。到底誰的主意，引來這麼個小女子！」程司令瞥霜降一眼。霜降木著臉，站得筆直，對於他們的爭執她似乎絕對無辜。

「直說吧。這是你家四星的主意，四星求了孩兒媽，孩兒媽找了小趙……」

「喂，孫拐子，誰是四星？」程司令突然以又低又冷的聲調問。

「程司令，您……」孫管理笑著苦起臉。

「我不曉得哪個叫四星。我不認得他。」

「反正，少一個小保姆總得有頂缺的，您要不滿意，叫她走人不了事啦？」孫管理仍慢吞吞說著，似乎奴才慣了，也被喝斥舒服了。「我忘了說：小趙與這姑娘同過學，他擔保她的品行。」

程司令不再說話。過一會，他朝兩人揮揮手，眼也不擡。三天後，小趙被調回了連隊，換了一位矮得罕見的警衛員來。霜降上了任，任務是照顧程家眾多孫兒孫女中的四個，兩個程司令出國的大兒子夫婦留下的，另外兩個，照程司令話說是「沒爹沒媽」的。

小趙離職時，想跟霜降個別留個後話，卻各處尋不見她。霜降領四個孩子在院後小山坡上採柏樹葉兒。那是程司令的吩咐，說柏葉兒是治孩兒媽心臟病的一味藥。

第二天，霜降在垃圾桶裏看到成堆的柏葉兒，還綠著，僅隔了一夜。有人吩咐她去採，又有人把採來的全扔掉。這個家怎麼啦？

飯廳裏有四張一模一樣的餐桌。早飯時是程司令和孩兒媽背對背坐著，各占一桌，各吃各的一套，偶爾兩人也面對面落座，但隔得頗遠，並且程司令必定吼著讓誰把報紙送到他飯桌上，然後報紙便一張張豎在兩人之間。霜降幾乎沒聽過孩兒媽的聲音，孩兒媽常在天半黯時出現在花臺邊。她躺在籐躺椅上，手裏一把竹扇拂得無所用心，連額前幾絲碎髮也未見絲毫起伏。有次霜降領四個孩子繞花臺遊戲，見孩兒媽的扇子落在地上，她手空著，卻仍然一下一下地拂著。霜降拾起竹扇遞給她。她驀然收回放得極遠的目光。霜降覺得她會講什麼，至少：謝謝，你新來的？但她什麼也沒講。她那樣靜，不僅口裏沒話，似乎心裏也沒話。當手觸到她手時，霜降感到了她涼得透心的體溫，彷彿觸著了一段多年前就冷卻的生命。另一次，霜降與院裏七八個小保姆聚在花臺另一端，她們各自帶了自己負責的孩子們，討論著時裝髮式，以及城裏人的種種惡劣行徑。霜降聽到花臺那端細微的騷動。她獨自跑過去，見孩兒媽的竹扇蓋住了臉，整個人在竹扇下抖顫著。一會，竹扇殷紅一片，一滴滴血順著扇柄滴下來。霜降揭開扇子，孩兒媽在下面正異常淸醒地瞪著她，目光裏含滿被打擾的惱怒。霜降沒有驚呼，事後她納悶自己怎麼會那樣耐得住恐怖。她只掏出自己的手帕，捺在血泊上，同時將孩兒媽托起，形成腳高頭低的姿式。幾分鐘後，駭人的鼻腔出血止住了。院裏有這麼個閒話：自從孩兒媽生下一個兒子活脫脫像程司令的秘書，便落下這個鼻腔出血的毛病。嚴重時，程司令會叫來一幫急救護士。問起病史，程司令便爽爽快快說：「我揍的，二十多年前揍的。」

午飯時，待孩子們一開完飯，一準會有個瘦長身材，臉像隻漂亮狐狸的女人闖進飯廳。只聽說她是程司令的兒媳。她與小女兒東旗一見就犯衝。東旗在大學念書，但很少去學校，一般午飯時間她開自己的早飯。「喲！」東旗趿著鞋披著睡衣出現了。「喝！」兒媳並不被她的一「喲」一「喝」掃去半點吃興。

「當眞得吃回本錢呀？」東旗坐下，雙手捧著腮認眞看她吃。

「當然要吃回本錢來呀，」兒媳奮力舀湯，從湯裏挑出嫩些的筍或瘦些的肉。

「程家的伙食賬可沒算上你的。」東旗說。

「放心，算上我，我也不交錢。」兒媳說。

「要麼說你吃了不長肉，盡長皮兒。這是吃白食的害處。」

「白食？有你一個蹦子兒啊？我吃我丈夫的一份。」

「請問您丈夫貴姓？不姓程吧？您不是兩年前就又哭又鬧地要和程家兒子離婚嗎？」

「是啊，老爺子不准離他就得開我的飯。」她成心響亮地以筷子尖杵碗底。

「慢點，別嗆著。老爺子不是你叫的，懂不懂？你在外面招搖撞騙，打老爺子的牌子住賓館吃飯店，老爺子是不知道，他要知道了，你當年怎麼端著小鎮戶口本兒來的，還怎麼揣著它回去。老爺子這輩子幹得頂漂亮的就是鎮壓，過去鎮壓國民黨，後來鎮壓回民叛亂，現在鎮壓他這個家。你親眼看見他怎麼鎮壓了老婆孩子。你，對老爺子，可太是小菜兒一碟了。」

「試試看，程家別把我惹急了……」

東旗打斷她：「別動不動就威脅要揭程家老底。你知道的那點老底不值大錢，中央紀委知道得比你詳細，怎麼著老爺子了嗎？」她把僵冷的油條揪成一小截一小截扔進豆漿，看一眼霜降，吃兩口，覺出什麼異樣，再次打量起霜降來。

霜降已收拾完孩子們吃後的狼籍，聽兩人拌嘴十分彆扭，走留都不是，便上前想為東旗做點什麼。

東旗笑瞇瞇地，一隻嘴角翹得老高：「你真漂亮！」她對霜降說。她這副神情簡直跟四星一模一樣，她的讚美絲毫不增添你的優越感，反而讓你感到幾分輕侮。霜降覺得自己是個玩藝兒或物件，只好由誰來評說褒貶。她突然看著東旗，說：「你才眞漂亮！」

「嗬，逗死了！」東旗咯咯笑起來：「她還會還嘴！」她對程家兒媳：「你聽見沒有？」

「怎麼沒聽見，唬我一跳。」兒媳答道，把碗一推，用一把檀香扇朝鼻尖飛快地搧。

霜降正要收東旗的碗，東旗手一擋：「這院的保姆分工很清楚，你不必管我的事。等她吃够，」她指指兒媳，「你去把她啃的骨頭收拾掉。按說你該為她服務。」

「不用不用。」兒媳笑得客客氣氣。「才來這院後沒多久吧？對了，我有裙子衣服穿不得了，哪天拿來你試試。」兒媳對東旗：「這小丫頭倒穿得不俗。」

東旗對霜降：「她的東西可不是白拿的。拿點兒破爛賄賂你，回頭你得讓她使喚死。」

兒媳道：「你愛信就信她的吧。」

霜降只微笑，一時判不出她倆誰比誰好。待她收拾碗筷時，聽東旗問兒媳：「你要不要冰箱，我賣你一個。我剛托孫拐子買了個新的，原先那個也不舊。聽說你的冰箱壞了？」

「多少錢？」

「你先看看再說吧。」

「我手裏沒現錢，除了你把我那套落地音響買過去。」

「你別占便宜沒够吃虧難受。我知道好東西全在我哥哥手裏，剩給你的都是垃圾。你想把那套破組合音響給我就不付現金？……」

「我說了不付現金嗎？我說我遲付幾月……」

「逗什麼呀，等你一拿到離婚判決書，我上哪逮你去？還不就讓你徹底賴掉啦？」

「找你哥要錢去啊。」

「我哥那點錢是拿十年徒刑換來的，他可不會幫你塡坑。」

「那你找老爺子要去。唉，對了，你那冰箱噪音大不大？」

「基本沒聲音。你動我爸什麼腦筋？你當你還跟前些年那麼得我爸爸寵吶？」

「哪兒敢啊？」兒媳站起來。「我還得回去上班，冰箱的事再說吧。」

「我可沒促著你買，知道你那幾個缺德錢不那麼容易搞到手。」

「誰能和你們程家的缺德勁兒比啊。」

「怎麼就有那種愛到缺德人家吃白食兒的主兒呢！」東旗也站起身，相跟著兒媳走到門口：「明天見。」兩人同時說。另一個小保姆提著拖把站在門邊，東旗對她笑道：「要聽就大大方方進來聽，在門外支著耳朵，累不累？」飄飄搖搖走幾步，她回頭對那小保姆：「你可別喝我剩的牛奶，我得過肝炎。眞的。」

小保姆哼著流行歌拖地板，霜降發現她一點惱意也沒有。她告訴霜降，東旗學問好，會講澳洲話英國話美國話。十年前，東旗在大學跟一個美國留學生相好了，程司令馬上打電話叫學校停她的學籍，派人把她帶回了北京。程司令問：那個小美國佬什麼出身？東旗答：五代貧雇農，父親是美國的老革命，在美國領導窮人打土豪分田地，參加了美國的「二萬五仟哩長征」。之後她笑：這下您還有什麼不滿意的，您不是要到全世界去實現共產主義嗎？程司令最後下令調銷東旗偷偷辦好的護照。東旗舉著瓶安眠藥，對父親說：要麼我死，要麼你成全我，程司令說，你吞了它們吧，你死了我也不必添個雜種孫子了。東旗後來嫁的是程司令過去一位下級的兒子。剛結婚，全家都巴結東旗；幾年後，東旗公公升得飛快，嗰嗰嗰，成了副總理。而程司令大大減了權勢威風。有回東旗跑回來，跟父親喊：「居然讓我去買醬油！廚子休假，憑什麼該我去買醬油！」那以後東旗常常回家來住，終有一天住著不走了。她對外的理由是：婚姻妨礙她求學。

三

霜降覺得自己有點奇怪：小趙走後，她沒去想過他，心裏卻常跑出那個人鬼摻半的四星的影子。端起飯碗，她會突然想：不知他每天吃什麼。有時清晨起來上厠所，她見他窗裏有燈，便知道他又失眠了通宵。想到四星那灰白面孔、半禿的頭，一講話就會神經質地伸張的瘦長腳丫時並不覺得十分嫌惡。當她經過他窗下，看到他站在窗前，無一點活力生機地獃望窗外時，她會朝他笑笑，並以極小的手勢向他揮揮。他馬上會因這微小的交流活起來，手舞足蹈地跟她比劃，叫她上去。她拒絕，趕緊走開去。程司令有口旨：任何人不經允許不准與四星見面。

有次四星扔下一隻刻花玻璃杯，砸在霜降面前，碎了。一隻紙團滾出來，她裝沒看見。四星假咳嗽起來，她也裝沒聽見。緊接著，又一隻玻璃杯碎在她腳邊。

「你要死……」霜降剛張口，四星突然掩上窗帘。看看四周，並沒有第三個人，霜降打開紙球，上面是四星花梢梢的字迹：請再幫我翻新一次牢房。她擡頭，他窗帘閤得嚴嚴。三五分鐘光景，程司令的黑色「本茨」唰一聲開進院子。霜降從此明白：四星能够從半哩路開外識察他父親的逼近。

程司令下了車，四處張望一下，似乎十分意外地發現了霜降。

「你過來一下。」老將軍招呼她。霜降小跑過去，同時感到自己的脊梁正牽著四星一雙眼睛。「好樣的，像個小女兵！怎麼沒見過你，新來的？」老將軍按上她的肩，捺捺她的頭，霜降弄不淸他是記性壞還是眼力差。她回頭，見閤住的窗帘開了條縫。「還習慣吧？」

霜降點點頭。點得用力，使她腦袋逐漸脫離老頭手掌的控制。

「那些小女子初來都說不習慣北京！」程司令說著，喉嚨有些輕微漏氣，嗤嗤響。司機打開車後蓋，裏面裝了幾摞宣紙。「小女子，幫個手！」霜降與司機分別捧起那些紙，跟在老將軍後面。他步子看上去極健，實際並不快，兩個負重的人只得壓下速度，活活受罪地磨蹭。「看看你們這兩個小年青，路都走不快，還不如我這老漢！」

「那自然，」司機馬上接茬兒：「您是老人全國網球賽冠軍嘛！要跑起來，您更得甩我們兩條馬路！」司機邊說邊跟霜降拌鬼臉，並示意她也說點什麼捧場話。霜降笑，加快點速。司機耳語喝她：「別走快！你要想超過他，那你是想找倒楣了！」

「吃胖點，小女子，啊？！」老頭說著，並未回頭。

「啊。」霜降應道。

「太瘦不好。現在的人都喜歡瘦，是不是？」老頭站下，以便能暢快地喘口氣。轉身，哈哈笑道：「看看這兩個年輕人，眞是走不過我老頭子呢，是不是？」

「是，程司令。」這回霜降應道。

等老頭轉身，司機又嘀咕：「叫首長，別叫司令。一個小小軍分區司令也能叫司令。」

進了書房，司機說起程司令的書法怎樣怎樣有名；全國多少多少大門面是他提的款。

「小女子，我像你這樣大的時候，還不識一個大字——我家祖祖輩輩，沒一個識字人，你信不信？」

霜降馬上說：「信，首長。」

「好熱。你們誰去拿點茶來喝喝。」程司令說。司機忙說他去。霜降瀏覽四壁的書、畫、字，程司令「吱呀」一聲坐進了一張籐沙發。一套籐沙發是霜降眼看著搬進來的，原先那套絲絨的在春秋冬三季用。書房中央舖一塊普藍、銀色圖案的地毯，看去雖像民間家織印染花布，卻又那樣華貴。霜降腦子想痛了，也沒想出一句話來恭維老將軍的書法。因此她不敢轉身，一旦轉身，她就非說點什麼不可。老頭正等著呢。其實她看不出他的書法有什麼好。她想，若她是個什麼司令，手裏有槍有砲有權，中央有把交椅，即便不會寫字也會被人請了去提款。她家鄉有句話：田出稻還是稻出田。霜降還在想離開這裏的藉口：去幼兒園接孩子？時間太早；回去掃院子？院子在早晨被掃淨了。「怎麼樣啊，小女子，看來你對書法蠻感興趣。……」老頭說。等不住了。

霜降正打算硬著頭皮湊趣兩句，側邊衛生間的門開了，一個穿短褲赤上身的青年出現了。「爸，您怎麼在這兒會客？」

他發現霜降，又快又馬虎地哈一下腰：「對不起，不知是女賓。瞧我放肆的。」他拍拍自己赤裸的胸脯：「程大江，程家老九。」

霜降起先只看到他健壯勻稱的身板，抬頭，發現他竟十分俊氣，俊得她唬一跳似的喉嚨猛一乾。「歌舞團跳舞的，不然就是淮海電視劇組的。對吧，爸？」

淮海是這家的老五，在這個或那個電視劇攝製組裏當製片。院裏一出現花枝招展的女郎，人們就嘀咕：「又是來找淮海的。」

「你上這兒幹嘛來了？」老將軍問。

「是找淮海的吧？……」他又轉向霜降：「瞅你就眼熟，準在什麼挺噁心的電視劇裏見過你。」

程司令拍拍籐椅扶手：「問你──上我這兒幹什麼來了？」

「上厠所。」

「什麼？混帳東西，這麼大院子就我這一個厠所你看得中？」

「您眞沒說錯──全北京除了中南海，可能只有您這個厠所帶空調。像我這號人，平常不讀書，只靠上厠所那會兒長長知識，沒空調的厠所可太殘酷了。」他又轉向霜降：「別生氣，我說了電視劇的壞話。憑良心，你覺得那些玩藝是不是挺噁心？一個女人前頭跑，一個男人後頭追，一條圍巾飄啊飄，再來個慢鏡頭——怎麼有這麼多、這麼孱的導演？……」

霜降想，七八個小保姆聚在一塊看電視時，最看不够的就是那些跑啊追啊。「我從來沒演過……」她解釋。

「千萬別演！……」他做了個作揖狀。

「你給我出去。」程司令壓低聲吼道。

「爸，我又不是在胡扯……」

「出去。給我馬上出去！」

他雖然仍將臉朝著霜降喋喋不休，但兩腿已飛快向門口撤退。到了門外他停住了，「爸，有件重要事我晚上跟你說。」

「現在就說！」老頭一抬下巴。

院裏人都摸準了老頭的脾氣：若有件事立刻想讓他知道，就賣關子：現在不能說，遲些再說；若有事想瞞他一陣，就催促：有件急事得馬上告訴您。

「現在不能說。是關於錢……」他看一眼霜降。霜降抽身要走，他狠狠使了個眼色，輕輕作了做手勢，叫她留下。後來聽說，這家兒女總在父親有女客人來訪時跟他借錢或討錢。

「爸，六嫂叫我還錢，我現在哪兒來的錢還？……」

「沒錢還你當時倒敢借？雜種！」

「這怨你了，爸。你非逼我進這倒楣的軍院。三年上下來，人窮得直叮噹。我一說做生意，您就要槍斃我，我當然沒錢還賬！」

「閉嘴，小畜牲。一共欠多少錢？」

「三千五百八十。要還的話，我有零沒整。」

「三千五?!」老將軍揮揮手：「你給我滾，我沒那麼多錢給你擦屁股。你給我有多遠滾多遠！」

「嗨，爸，你說六嫂那個著名大破鞋憑什麼管我要賬？」

「你滾不滾？」

「她口口聲聲說六哥要錢用。六哥蹲小號裏用什麼錢？明明她趁火打劫，想在離婚前把自己揣成個錢櫃子！」他再次給霜降暗暗打手勢。「爸，您讓不讓我跟六哥談談，讓他知道他老婆在外面有多醜惡卑劣！」

程司令忽然沉默下來。

「爸，您聽見我說什麼了吧？說六哥，四星。剛回來那天我去看他，他整個變了樣……」

「誰准許你去的？」

「他是我哥呀，就是眞監獄我也有權見他！就是眞犯人，他也有權出來放放風什麼的！連家人都不准見，也太不人道了。這樣住不到十年，他準死！您還不如現在就槍斃他得了……」

程司令站起身，眼變得十分淩冽。他走向那張有十隻抽屜的巨型寫字臺。霜降見程大江的神色漸漸緊張起來，兩眼機警地跟踪著父親的一舉一動。他中等個頭，方方肩膀，全身上下佈滿見棱角的肌肉。他甚至連鞋都沒穿，一雙腳的膚色與全身差異頗大。當他發現霜降那樣用心打量他，他翹起一隻嘴角笑了。似乎任何女性對於他的好感都在他預料中。似乎他爲所有不例外的由他而生發的愛慕感到乏味；亦或由於太習慣這種優勢而變得疲憊。唯有這一種笑，能使人看到這家兄弟的同一血緣，雖同一種笑各有意味。四星笑出了頑世不恭；東旗的笑顯示了她的超拔，不留意人間煙火，還像是她懷著滿腔高人一等的憐憫與寬容。而大江，當他同樣翹起一邊嘴角笑時，你只會感到他被寵累了；他對不出所料的寵愛所生發的逆反情緒，以及一個始終被寵愛包圍的人想衝殺出去，卻無法衝殺出去的絕望。對了，霜降一下找準了那感覺，大江的笑，就是一種絕望。剛進程家，霜降就常聽小保姆們議論大江。大江是一羣小女佣的童話。一個高等軍事學院的有少校軍銜的博士生；一個名將之後，最要緊的是他還是單身，似乎也沒有正經八本，稍長久的女朋友。

霜降臉頓時作燒，被心裏一點痴心妄想唬的。

父親不發一言，猛地拉開一隻抽屜，尋找什麼。大江愈發緊張，身體重心完全移到一條腿上。那姿式給人的感覺是，只要一觸他，他就會彈射出去。後來霜降知道，大江是唯一敢激怒父親，也是唯一能從父親盛怒下逃脫的人。他還有個本事是，無論父親與他反目多少次，他依然能在父親心目中維持最得寵的地位。

「對了，你還沒告訴我你名字。」他對霜降道，同時仍全力警戒父親。

「霜降。」

「雙將？好傢伙，我們家一個將就够我們受了！」他似恭維似挑釁，朝父親呲呲嘴。

「霜降是個節氣。」她答。臉上的紅仍褪不掉。她知道自己收縮下頦，讓眼睛從下方朝上瞅是很好看的。她此時就那樣瞅他。

父親沉默得像鐵，手捺在什麼東西上。

「你還不滾？」老頭聲音竟十分地柔。

「那錢吶？爸，您要不給錢，六嫂再來，我就叫門口警衛押她出去！……」

一聲金屬撞擊，霜降驚得喝一口風。程司令嘴抿得不見了嘴唇：一把手槍被他拍在桌面上。再回頭，大江早沒了影。

「你也走。」程司令低聲對霜降道。「快走！」

霜降小跑著離開那間書房。

樓梯口，大江坐在樓梯扶欄上，見了霜降他順坡溜下去。「嗨，我知道你也會被馬上轟出來。你當他不敢開槍？他年輕時，好些人險些被他斃掉。要不是我腿快反應快，他早斃過我一百回了！」

「那是眞槍？」霜降問。

「你當那是玩具？老爺子要是玩原子彈，那也準是眞原子彈！」他笑了。他這樣笑口是方的，一嘴牙撐得唇很飽滿。

關於老將軍的過去，有許多不分褒貶的傳奇。將軍二十歲已做了營長，出了名地「敢死」。有回他腿中彈，引起壞疽，當時最簡單的辦法是截肢。他已高燒得昏迷，卻在軍醫向他下鋸子時拔出槍，嚷嚷誰敢斷他腿他就斷誰的命。大軍進城後，他便裝徒步，檢查軍風紀。見一位中級軍官坐了輛人力車，很適宜悠然的樣子。軍規制止軍人著軍服乘人力車，將軍大喝，讓他滾下來。軍官見他不過糟老頭一個，連腔都懶得答。將軍那回眞開了火。至於他何故槍擊他器重的那個大學生秘書，是因爲他發現自己妻子生出活脫脫的小秘書來。當那位秘書被辭退調任時，走進程司令書房，準備繳出全部保險櫃鑰匙。緊張和愧疚使他忘記了將軍的規誡：無論誰從背後接近他都必須在五尺開外立定，同時嘹亮地喊出一聲：「報告！」若否，將軍便有理由朝身後開槍，當刺客處置。因此秘書挨了顆槍子。被打斷肋骨，引起脾臟出血的秘書替將軍證明，那只是一次普通的走火事件。

大江從樓梯扶欄上跳下來，問霜降：「老爺子是不是在教你書法？他有好幾個女弟子……」

霜降說她哪有功夫學書法，她不過偶然在「首長」房裏待了那一小會兒。大江嘻哈著說，你羞啦？這有什麼關係？哪個老頭子不喜歡漂亮小姑娘！我老了，才不教小姑娘書法；教游泳！他笑得無恥，所以人看出他心裏並沒有無恥。

霜降惦記著到幼兒園接孩子，快快離開了。大江卻在身後叫：「唉，別走，聊會兒啊！我講話放肆慣了，你別在意！」

霜降笑笑，太陽刺得她眼瞇起來。

「交個朋友！」他伸手，她不懂他意思。「握手都不願？」她這才將自己的手迎上去。手心碰手心時，她感到他的微妙的揉搓、那揉搓中微妙的表達。

「想不想跳舞？」大江問，「星期六晚上，有空嗎？」

「我不會跳。」

「教你啊。」

「我笨死了。」

「教你這樣的漂亮姑娘，我耐心死了。」大江說。霜降仍那樣微低頭，讓目光從一個人爲的深度閃出，閃出人爲的曲折。她知道自己這副樣子之所以動人，是因爲那怯生生的挑逗。

「星期六。穿漂亮點。在北京飯店。你住哪兒？我可以騎摩托車帶你去……哦不行，差點忘了，星期六白天我得去參加一個外國軍事代表團的訪問活動。你自己直接到北京飯店。我在門口接你。定了？」

霜降巧笑：「沒定。」

「記住：八點整。我頂頭疼女人遲到。」

晚飯前，程司令領著全體孫兒孫女游泳，小保姆們當然也得陪著下水。東旗繃著臉不停地游，忽然對小保姆們吼：「誰笑得那麼浪？犯賤！」

程司令在水裏最多待半小時。他一上岸，曬得汗淋淋的警衛員馬上舉著毛巾浴衣等在階梯口。待將軍穿好浴衣，他跑步到廚房吩咐擺晚飯。

晚飯總是十分豐盛，一般是一個葷兩個半葷和一個素，還有個精細的湯。除此之外，每個兒女都有自己一個風味菜，這便是各家小保姆的職責。這盤風味菜是絕對專屬的、私有的，絕對不與分享。甚至老將軍也尊重這私有權，從不去碰那些盤子，同時也沒有哪個兒女主動邀請父親。沒人認爲這局面滑稽或尷尬。東旗離了婚從婆家搬回後，偶爾也參加晚餐，常常是一頓飯她要換三張桌子，筷子到處侵略。老將軍有時會吼：「什麼作風，東旗？多吃多占！」東旗回嘴：「我給錢唄。諸位報個價怎麼樣？……唉喲，這菜是人吃的嘛？吃一口我得後悔大半輩子！」正因爲各家一盤風味菜，小保姆們被迫閱讀種類繁多的烹飪書籍；有些剛從農村來時幾乎目不識丁，爲讀懂菜譜，她們裝備了全套學習用具：紙、筆、字典。做晚飯的情景十分有趣，七個小保姆站在大廚房裏各忙各的。廚房在院子另一端，與佣人、警衛、司機的住房連成一排。烹飪時若急需任何原材料，哪怕一根葱半顆蒜，她們都必須小跑著穿過整個院子，到客廳的冰箱去取。霜降剛進這院就發現貯食品的所有冰箱沒被擱在廚房，而全被擱在大客廳裏，因爲客廳的電費是由國家負擔。客廳裏七八個冰箱同時工作著，轟鳴不亞於一個機械車間。因此無人在客廳會客，除了老將軍有個初學提琴的孫女在裏面練琴。只有在那裏面練，那椎心刺骨的噪音才能徹底被抵銷而不至於折磨院裏人的神經。幸運的是這院裏沒人懂音樂，因此沒人在意她在那種地方練琴練得完全走了調。

晚餐若人員到齊，那個擺四張餐桌的餐室會被擠得水泄不通。孩兒媽背了個歪號叫「航空母親」，院外人把是不是她生養的都算在了她頭上。來晚的若擠不上桌，便會大發牢騷，抱怨到老將軍「啪」地一聲拍案或吼出一句粗野不堪入耳的話才太平。霜降弄不清這些兒女們除了懼怕父親是否還對他有其他情感，比如尊重愛戴等等。有回老將軍剛離開飯廳，某個兒子便說起老爺子最近脾氣見大，是不是血壓高上去了；某個女兒接上話說：但願他老人家硬硬朗朗的，永遠健康著，不然咱們就得自已去找房子，沒準得去上那種冬天凍屁股的公共厠所；又有人補充：也沒地方吃免費好伙食了，也撈不著坐大「本茨」了。

晚上十點，這院子準時熄燈。老將軍總在熄燈後親自巡視，若有一線光明殘存，他就罵。

熄燈半小時後，院裏會再次出現燈光。老將軍的睡眠準得像鐘錶，並且只要他睡著，很難有東西弄醒他。當年他妻子或許正是在他睡著時發生了與那位年輕秘書的長長一段情愛故事；在他獅吼虎嘯的酣聲庇護下，他們開始了眉目傳情、山盟海誓，萌發了私奔和情殺的念頭，希望過，絕望過，直到十月懷胎完成了那個非程姓的孩子的整個孕育過程。

老將軍睡去後，這院子人的眞正生活才開始。他們在這時間約客人來聚會，在這時間觀賞各處搜集來的錄影帶，在這時間痛痛快快聊些下流笑話同時開麻將局。他們甚至自己下廚房弄吃的，或自已開了車穿過整個城到東單夜宵店買吃的。到了夜間十一點，人人似乎都有了一副全異全新的面貌，不再像白天那樣易怒、慵懶，相互間難以容忍。一種怪誕的活力在城市漸漸歸於寂籟時滋生於這個院子。霜降幾乎不敢相信他們與白天是同一副軀殼靈魂。

對於這一切，霜降原先也像其他小保姆一樣了解得較含糊。孩子們在九點就會被捺到床上，緊隨著，勞累一天的小保姆們都迫不及待地上床，如聽了操令一樣瞬間便睡沉。那夜有個孩子發疹，夜裏哭死哭活，霜降被吵得睡不著，便上樓去討吩咐。門被敲開後，她驚異地發現白天生死寃家一樣的老五淮海與老七川南坐在一張麻將桌上，一來一往地談笑。當川南摸不出煙時，淮海便很豪氣地扔過自己的鍍金煙盒。周圍還有些鬧作一團的陌生男女，個個艷麗奪目，香噴噴。誰說一句白天聽上去挺無聊乏味的話，這時都變得無比精彩，都會引來熱烈捧場。若認爲這座大院落森嚴得無人敢造次，那可純粹是誤會。白天那個寧靜、井然，在一種威懾下怯生生的家宅與深夜的充滿莫名其妙歡樂的居點判若兩地。霜降弄不清哪個是眞實的。

霜降聽其他小保姆說淮海頂難纏。只要單獨在哪個角落裏碰上他，他準是口口聲聲追著說：「親一口、親一口」有次一個胖丫頭躲不過就讓他親了。他正把手往胖丫頭襯衫裏伸，東旗恰好撞見。東旗給了胖丫頭一個耳光，罵她哥哥「種猪」。胖丫頭委曲壞了，立刻辭了職。

老七川南排行在東旗之上。據說是程將軍多喝了酒的一夜播種了她。與她那些不學無術、極端聰明的所有兄弟姐妹相比，她顯然遜色一截。她在某個大機關當人事幹部，把負責任和管閒事混淆得渾然一體，因此從開始工作她就開始收到匿名信和恐嚇信。她有過許多男朋友，但沒有一個能忍耐到與她結婚。有個別相處得馬馬虎虎，但總有離間者挑得他們散夥。川南與淮海的仇是結在淮海結婚的時候。那之前他倆好得形影不離。小時川南對人說，淮海在她身上摸過，摸得又癢又痛又舒服。到了十幾歲，川南還常講蠢話要嫁給淮海。社會上有傳說：程家老五與老七有著比兄妹複雜許多的關係。淮海結婚第二天，川南旁若無人地走進新房，對新娘子擺擺下巴道：「你出去一下，我要跟淮海講話。」

小家碧玉的新娘很恭順地打算退讓，淮海卻說：「川南，你有話就說有屁就放，用不著背著我老婆。」

川南說：「打哪兒來了個胡同串子老婆？吃芥茉墩兒、喝棒子粥的小市民！……」

新娘子不作聲。初到這種全國數得著的大戶人家，她一時還拿不準姿態。淮海卻撥開了口：「川南你給老子滾！……你還等什麼？還不滾?!等耳摑子?!……」川南哭著跑了。不到一年她與淮海的關係就惡化到你死我活了。川南屋裏藏了把刀，只要多喝點酒，與淮海口角起來，她就會拿那把刀與他比劃。院裏資格最老的一個小保姆常把淮海對她的殷勤當眞，淮海一些不爲人知的事也是通過她傳出的。她說淮海幾年前正要被晉昇爲市委辦公室主任，結果他的領導收到一封匿名信，告發淮海在外省倒賣過汽車，走私過手錶，還誘姦過家裏的女傭。雖然長達三年的調查沒證實任何罪跡，但昇遷機運早過了景。

川南有次結交了一位非常合意的男朋友，她四處與人說：「他長得帥，就像我們家淮海！」終於相處到程司令批准她帶進門了，全院人都見川南喜洋洋、跑出跑進地清理佈置她的臥室。而當她領男朋友進屋卻見了鬼一樣叫出來：她牆上出現十多張放得巨大的男人相片，每張都有顯著的提款：贈川南。有的還配上讓人反胃的愛情小詩。除此外，門後貼了一大張醫學掛圖，上面赫赫然標明：「最新避孕法四則」。男朋友剛剛在桌邊坐下，馬上看見一塊白色鏞瓷備忘錄上以彩色瓷畫筆寫著：切記按時服藥：1、癲癇靈，2、斑禿靈，3、宮頸潰瘍靈。川南失了一刻神志，臉慘白眼發直，男朋友搖她晃她生怕她這時就發癲癇。男朋友與她斷，倒不是被屋裏的惡作劇所唬，而是川南對惡作劇的反應：她斷了氣一樣獃著，好一陣之後，突然，極其順手地從床墊下抽出一把刀來；取刀的動作那樣輕車熟路，彷彿取牙刷梳子。男朋友尚未弄清她的意圖，甚至未及看清她操出了什麼東西，她已嘶嗚著「淮海！我跟你拼了！」衝出門。淮海正在院裏馴他的鴿子，見川南舞著刀朝他來了，呼啦一下撒出全部鴿子。院門先被關嚴，之後全院子都運動起來。川南被制服時，自己身上被那刀傷了幾處，雖然不關緊要，但弄得一院子血，氣氛相當慘烈。男朋友就此消逝，不僅從這院子消逝，甚至全北京都不再有他的踪跡。

不是霜降親眼見，誰也不會相信夜間這對有深仇大恨的兄妹會坐在同一張牌桌上，全無干戈。霜降沒說清來意，就被人捺在椅子上。「先替我拿牌，我上厠所去。」捺她的人有張又瘦又皺的臉。東旗的話：淮海見女人就把個臉笑得稀爛，落下一臉「西門慶」摺子。霜降說她一點不會。淮海又在她脖子上捺捺：「不會的準拿好牌！」

「淮海吃豆腐！」川南叼著煙起哄。

「這叫豆腐？」淮海手仍擱在霜降脖子上：「這是豆腐腦兒！」

一屋人全笑起來。霜降站起身，推說得照顧那病孩子，慌慌地離去了。川南叫：「淮海，豆腐腦兒跑啦！」人又笑，一屋人在光裏煙雲裏像個快樂的惡夢。

霜降摸黑下樓梯時，聽見幾輛摩托車馬達由遠而近，然後停在門口。不一會聽見一羣高跟皮鞋靈巧而矜持地走過門廳，似乎大門前站崗的警衛連過問都免了。除了程老爺子本人，所有人對這院子深夜的繁華都深知熟知。然後聽見這院子的少主人們迎出來，他們走上另一側樓梯，有女子的嬌嗓音抱怨樓梯太黑。所有人都相互親熱地直罵。十一點之後，各屋的另一套供電裝置開始工作。這套裝置的耗電開支程司令拒絕付帳。於是他們便在電表上作手腳：無論他們怎樣揮霍電耗量，表上的字碼都在他們控制下移動；並且電耗量愈大它移得愈慢，當他們用電爐吃烤羊肉，涮生魚時，巨大的電耗量恰恰使電表指數乾脆靜止。他們中間沒有一個是窮困而在幾個電錢上斤斤計較的，儘管錢不多，他們仍想不通憑什麼要把錢付給國家：這麼大個國家難道缺我這幾個電錢？……

客廳的燈是被程司令允許開的，哪怕通宵達旦。所以他的兩個年長的孫子常在這裏完成功課。這夜客廳裏多了個人：程大江。他坐在地毯上，身邊一圈垃圾：「可口可樂」空聽、西瓜皮、揑扁的紙杯。他幾乎與電視屏幕臉貼臉，正看一部英語錄影帶。他不斷重複某個畫面，每重複一遍他的身體便更近地傾向電視機，似乎這樣便縮短了對它的理解的距離，終於他意識到什麼在干擾他的理解力。他跳起來，對兩個男孩嚷道：「媽的你倆吵個沒完啦，滾回你爹媽那兒吵去！」

他沒看見門外的霜降，屋裏太亮。他仍是赤背赤足，僅穿一條雪白的運動短褲。從他們頭次相見後，霜降再沒見過他。你休想在飯廳或其他什麼地方見他，他管他的兄姐們叫「那幫人」，或者「蟲們」。什麼蟲你自己去想：寄生蟲、蛀蟲、蛆蟲。他與這個家庭似乎從未混到一起過。與東旗相似的是，他儘管對這個家抱輕蔑、愚弄、決不同流合汚的態度，他也決不放過任何機會傾榨它。所有程姓兒女都在這點上一條心：機會抓一個是一個；老爺子眼一閉腳一蹬，機會就過期作廢。

「媽的，你倆吵得我什麼都聽不清！……再不出去我要揍人啦！」

男孩之一說：「外公讓我們在這裏……」

男孩之二說：「我們不是在玩，我們在做功課！」

「我他媽的不是在做功課?!……」他指指靜止住的電視屏幕。兩男孩又解釋什麼，他嚷：「大聲點嘟噥，我聽不見！……」

「就是嘛，我們不是吵，我們非得這麼大聲才聽得見！這屋子吵嘛！……」男孩說。

大江這才悟出道理。七八隻水箱沿牆站著，一同嘈叨嗡嚐，一同排熱，使客廳不僅吵鬧而且烘人地熱。「媽的，省錢省錢，永遠忘不了祖宗八輩都是穿草鞋的！」他坐下去，把音量放大，並用一隻手捂住朝電冰箱的耳朵。兩男孩抗議地哀求地直叫「小舅」，他置之不理。

霜降想，他根本不像自己說的那樣「只在上厠所時用功」。

霜降還想，到了晚上，他唇上唇下的鬍子冒了茬，添了點壯年氣，更俊了。他長得其實極像父親，但許多部位被淡化了。因此父親成了兒子的漫畫。

霜降甚至想，做個女人，被這樣一雙手臂擁入懷中時，該是不無美妙的。哪怕只有一瞬，哪怕什麼結局都沒有。這雙臂之所以到目前還空著，大約所有被它們擁進的都是沒結局的一瞬。最後誰會在這雙手臂中永久地睡去或醒來？這樣想多麼好玩又多麼可怕，霜降直想到不敢再往下想。

院子是多麼好的院子，要沒這些音樂、吵罵、專屬於夜間的歡笑。六棱形的花壇裏開滿鴉片花，太陽下看，艷得人眼都招架不住。花壇兩側都是櫻桃樹。櫻桃被摘過兩茬了，家裏卻沒人嚐過，包括院裏的孫兒孫女。老將軍年年都把櫻桃送到一所幼兒園，那所幼兒園在五十年代爲抗美援朝的烈士子女開辦的，只接受烈士後代。漸漸地，太平年代不再能夠搜集到足夠的「英雄孤兒」，幼兒園就成了普通的營業機構。似乎程司令不知道這個變遷，照舊每年親自採下櫻桃送給不管是誰的後代；照舊以滿腔痛惜滿腔憐愛的笑容與這些父母都健在的孩子們照相，再由報紙或雜誌將相片刊出，提名爲「將軍與孩子」。有次淮海的孩子哭鬧著要吃櫻桃，淮海妻子求她公公，說情願花錢買幾顆著了名的「將軍櫻桃」。老將軍給她上了十分莊嚴的一課：「它們是什麼，你知道嗎？」兒媳說它們是櫻桃，準確點講，它們被稱做「將軍櫻桃」。

「不對。完全錯了。它們不是櫻桃。它們是一種偉大的意義。是革命傳統的偉大繼承。」兒媳後來對人說，不知她不懂這些話，還是這些話根本不通，沒文理。「所有吃過這櫻桃的孩子，」將軍繼續：「統統會記住，他們沒有被社會忘掉；他們被全社會的人愛、關懷。雖然他們不幸失去了父親或母親，但他們能得到比父母更多的愛。你懂了嗎？」兒媳慌忙點頭。不懂也要點頭；先點了頭慢慢再去懂。這院的人必須這樣才過得下去日子。淮海聽了妻子的「不懂」後，半夜架梯子，讓孩子爬上去坐在樹椏上，盡肚子吃。事後他對院裏人們說：「要是沒這些櫻桃，父母雙全的孩子不會被社會忘掉；程司令倒是真要被忘掉了。」

一個曾經被牢記的人，被人忘記是挺慘的一件事，東旗總結說。晚飯桌上，東旗常常不就事論事說點什麼；她披衣趿鞋，似乎每天都在提煉一種新教義，做了聖人哲人似的。有回晚餐後人聊到大江：大江的野心勃勃前程遠大潛水手錶雙紅摩托，以及摩托後座上朝新夕異的女朋友。東旗橫來一杠：心高能高，最後要看命高不高；要想以心高能高去將命也拔高，那是白累；穿草鞋的命，一代兩代能拔高多少？霜降當時在場，不懂她說什麼。沒人懂，人越不懂東旗便越深奧。

霜降穿過花壇，想回屋去睡，身後有點響動。她走快了些，她不想在這裏遇上大江。一個嗓音在她身後說：「站住。」

不是四星。不遠處一顆煙頭的光亮急促明黯著。幾天前程司令在院子裏發現了幾隻摔碎的刻花玻璃杯，罵街罵得比平時早了半小時。「日死個奶奶，我看你還有什麼往下摔！」人們被吵醒，馬上明白他在罵誰。他只要不指名道姓，準是罵四星。若見泔水桶裏有成整的包子、餃子、餡餅，他立刻會罵：「日死個娘，你不吃，你就扎上脖子給老子省點！」都明白給四星送去的飯被原樣端回來了，又被倒了。「你摔——有種你把你那電視機、錄音機都摔碎它！……」

霜降再不敢去看四星的窗。沒人知道四星觸摸過她，她在四星屋過了一夜。那時她只覺四星瘋，現在才知道他告訴她的話半句都不瘋。這院裏的人眞當作他被發配到迢迢千里以外去了，或者根本就當他不存在，非得他砸點什麼下來。人們看見碎掉的刻花玻璃杯就遠遠繞開那窗口，也不去清掃，存心保存那個現場似的。那個現場反正遲早會被老爺子發現，老爺子不會不對付他：給他足夠的酒、煙、安眠藥。霜降這才相信眞有這樣一種牢：舒適、樣樣齊全，門不上鎖；你可以逾越這牢，但你的逾越是不被承認。所以你等於沒有逾越。人們認爲你在坐牢，你也認爲你在坐牢，牢的意識而不是牢本身就形成一種完善的隔離。

四星過來了，他身上的氣味馬上讓霜降想起他那間牢的氣味。

「准你出來啦？」霜降偷偷往後退了兩步，想退到那股牢獄氣味之外。

「什麼准不准，我高興出來就出來！」四星說。他在花壇邊沿坐下來。出來又怎樣？人們認爲你在坐牢，你走到哪裏，哪裏就是牢。「跟我講話。問我點什麼事；問我吃得怎樣，睡得怎樣，大過便沒有。跟我媽似的，她天天這樣問，替你刷刷馬桶，再摸摸我的頭。說話呀！問呀！我操！」他兩手握拳捶自己的腿。

霜降想，拔腿便逃總不得體：他捶他自己，又沒捶你。他不是眞瘋，最多裝瘋。頭次見她，他說過他喜歡她，那時要是他眞對她下手，她也不會拼命掙扎。她拗不過她的好奇心。他和她生活中的男人太不同，他出身權貴，落難卻富有，他會怎樣享受她或糟蹋她，她想像不出。她知道她會厭惡，因爲這是公認的值得厭惡的事，但她想弄明白在厭惡下面，會不會有種不被公認，甚至不被承認的歡樂。從很小，她就與村子裏的女伴躲在稻草堆裏講許多有關強姦的故事。講到最恐怖時，她覺得身體裏有一種急躁，她必須兩手抱緊自己，兩腿夾緊自己，才忍得住它。女伴們相互問：怕不怕？她明明發現她們眼裏全是興奮。都說怕，都說要那事發生寧可去死，她認爲她們撒謊。不然說到死時她們笑什麼？她們中最年長的一個後來眞被鎭上醫療所的大夫強姦了，她沒死，她嫁給了他。吵著鬧著地嫁他了，難道要他強姦她一輩子？

霜降想，男女之間的事是最講不淸的。頭天晚上誤入四星的屋，被擱到床上時，她除了怕、反感，還有什麼？還有種期待？不然爲什麼當他什麼也沒對她做時，她感覺到了那點失望？假如那晚他眞做了，她也會吵著鬧著嫁給他嗎？她不會。嫁給這個半人半鬼的東西？她不會。對他，她除了好奇還有點憐憫；一個造夠孽的人在自食其果時的悽楚不同於任何人的任何一種悽楚，它是他整個的無人性中的最後一點人性，所以顯得尤其濃烈和動人。鎭子的街上不時會走過赴刑場的死囚，他們的面無人色，他們的一步一跌，使她難過得幾乎落淚，她怎樣也講不出「活報應、現世現報」之類的話。她也懷疑這樣說的人是否都由衷。有時她認爲人這樣說是說服自己：別去可憐他，他作得受得；他活該的。許多東西都有正直與不正直之分，包括憐憫；許多東西也分主次，包括善良。因而人得說服自己去泯滅天性中不正直的憐憫和次要的善良。

霜降卻有時做不到那個「泯滅」。她常恨自己：當人們縛住一隻黃鼠狼，亂杖齊下，她認爲它比它咬死的一羣鷄更値得憐憫。除了孩兒媽，這院裏誰不說四星是條徹頭徹尾的惡棍？連他自己都不否認。也許正是他對自己是條惡棍這點深切眞誠的認識，才使他從不逾越他的牢獄，把自己和那些無眠的長夜關在裏面。霜降的不正直的憐憫與次要的善良大約也萌發於那夜裏，他例數自己劣跡時；他當時的坦然像在說：有什麼可避諱呢？反正是沒藥可救了。像那些得知自己身患絕症的人一樣，四星了解自己操行上的絕症，一點痊癒的希望都不抱。霜降沒逃，不過沒膽量像頭一晚跟他講話那樣無忌憚了。這院子才呆一個多星期，霜降世故許多。裝傻、以傻賣傻可以，眞傻就完蛋。她在四星指定的地方坐下。

「近點，讓我摟摟。」四星手伸過來，霜降肩一讓。「我又不是像淮海那樣瞎摟，我摟我喜歡的妞兒還不行？」

「你動我就喊！」

「喊吧。」他手已勾住她頸子。

「我咬你啦？」霜降扯他的手。

「我太喜歡咬人的娘們了。咬吧，小甲魚。」四星沒皮沒臉地笑：「往肉上咬不往心上咬就行。這黑衣裳哪來的？是那個叫六嫂的壞女人給你的？」

「我自己買的！」霜降眞有些急了。她見客廳燈滅了，大江走出來，拿口哨將一支流行的纏綿歌吹得像進行曲。他或許會到花壇這邊蹓蹓彎。「有人看見你，會把你五花大綁綁回去才好！」

「那你記住，我是爲你越獄的，爲你捱綁捱槍子兒！」他笑著，翹一個嘴角，像噁心著一切，包括他自己。「我這輩子沒想過誰。有那麼幾秒鐘，我突然想到過你。」

霜降瞪著他，吃不準被這個半禿的人殼子想是不是件好事。她不再用力掙，沒人會看見他們了：大江的口哨已一路響到了後院。她甚至感到一種舒服，有人對你這樣說，不管眞假，總是舒服的。

「今天夜裏你陪我睡。」四星說。

「你說什麼？」她不再舒服了。

「沒說什麼就說你陪我睡覺。」

霜降甩掉他，正正衣領：「你怎麼……？」

「這麼壞。」四星替她說，「我不早告訴你了嗎？不過想你陪我睡覺，這壞在哪兒啦？我喜歡你，這也算壞？」他眉毛聳到額上，似乎無辜極了。「跟不喜歡的女人睡覺，那才叫壞。」

霜降站起身。跟這個人有什麼好理論的。「你搞錯了吧？我是個到城裏來掙輕閒飯吃的鄉下姑娘，除了一身力氣，沒別的好處。你別給我這身城裏打扮糊弄了。多土的瓤子還是多土的瓤子。沒錢掙，誰喜歡我我也不在這裏呆。今天你喜歡我；明天有人不喜歡我了，我就得走路！……」霜降說著，自己眞的出來一股悲忿。

四星也站起，兩手抱著膀子用一個純粹二流子的步子朝她跟前晃。臉還是笑，笑彷彿在說：看你狠；看你伶牙俐齒。伸懶腰一樣，他張開臂抱住了她。她動彈，他就以下巴抵住她額，什麼話也沒了。

霜降感覺這抱在深起來，成了種湮沒。就算他的話沒一句眞，它卻很眞很眞，他遠不像自己表達的那樣瀟灑地痞，或痞得瀟灑。遠沒有活得煩透厭透；他只是羞於怯於表達他對生活的乞求。這抱便是那乞求。

霜降想，你就抱吧。他們分手時很安靜，卻突然看見孩兒媽在很近的地方站著。

四

早晨霜降在後院門外的小山坡上撿綠豆。小保姆們每人分了一口袋生蟲的綠豆去撿，再撿得仔細，每天晚餐的綠豆湯裏仍有不少胖胖的白蟲浮著。程司令最恨人亂扔東西，所以大家只有辛苦賣力地撿豆子，眼開眼閉地喝豆湯。抱怨說豆湯裏有蟲，他問：毒人啊？他說紅軍過草地那時，能找到蟲吃就是打牙祭了，什麼蟲他沒吃過？蝗蟲、土蟬、大螞蟻。飯桌上的人趕快喝湯喝出響，以免聽見他的無竭無盡的紅軍故事。

一會兒聽見沓沓的腳步。大江出現了。不管夜裏睡得怎樣晚，早晨他從不間斷長跑。

「嘿，你怎麼在這兒?!」他腳步不停也不減速地問道。「你住我們家？」

「你什麼都管？」霜降說。不像頭回見面，她腼腆得嘴都開不了。拿著那麼大的勁兒，就是為那點非份之想。現在程大江的故事聽多了；他是誰，她是誰，霜降已無數次清清楚楚地告訴過自己。沒了非份之想，一身勁兒也瀉下來。

「我們家的地盤兒啊，我不管？」他已跑到彎道處，拼命扭過頭朝她喊。他那麼多的頭髮，那麼多的肌肉，那麼多的健康與活力，跟他比，四星根本不算是條命。

「你們家的？」霜降也喊：「看看這是牆裏還是牆外！你們家想多大就多大，跑馬圈地呀？……」

大江想駁她，來不及了，轉彎把自已轉不見了。兩三分鐘，再次跑出來，腳步均勻得像機械。「不簡單不簡單，還知道跑馬圈地！……」他笑道：「告訴你，不管牆裏牆外都是我們家——我爹是這裏的司令，不是我們家是誰家？怎麼樣，沒脾氣了吧？」

還沒等霜降回嘴，他又跑得沒了影。等他再露面，她馬上迎面反攻：「北京市長敢說王府井大前門是他家的，人馬上轟他下臺！」她發現自已的惱是眞的了。

「北京市長算什麼？」大江道：「他有槍嗎？看這個大院，槍炮齊備，壁壘森嚴，誰來圍攻都够他打一陣子。這是個小王國，是個軍閥據點，外面改革去吧，民主去吧，裏頭永遠『五星紅旗迎風飄揚』，有槍炮保衛它的安定統一愚昧原始，你懂嗎？」

完全辯不出他在謳歌還在漫駡。霜降把撿好的豆子盛進一隻塑料袋，站起身。這時整個軍營被無數沓沓沓的腳步踩著，到處在「一二三——四！」果眞是這樣嗎？只要這小院裏的老爺子手指動動，一整軍營的沓沓沓的腳步就會踏向這兒或那兒。別說槍炮沓沓沓也踩得平這兒或那兒。霜降從未進過軍營，這時她忽然納悶自己怎麼會在軍營裏；在這個由人組合的一架巨大機器裏。一時她想不出，這架機器每天沓沓沓運轉是爲了什麼、和她曾經的生活、她的鄉村鄉親有什麼相干。

她開始往山坡下走。坡下的瀝青小路修得很精緻，兩邊栽有冬青，也修剪得極不馬虎。這四小山坡並沒被囊括進程家院牆，但很少有程家以外的人出沒。任何靠攏這道院牆的人，不管有意無意，都會被游動哨兵喝住，要是喝而不住，下一步就是鳴槍警。

大江的臉越來越紅，「我這是第幾圈啦？」他問霜降。

「我怎麼知道？我管著嗎？」霜降說。她還惱著什麼。惱自己的非份之想，或惱大江張口閉口「我們家」，那目空一切，那到了欺負人唬壞人程度的優越感。

「你當然得管，就是你和我拌嘴，我忘了計數！」

「我和你拌嘴?!我可眞稀罕和你拌嘴!……」霜降自己也不懂：怎麼惱得收不住了。

大江不跑了，停下來伸胳膊伸腿。「唉，你不是北京人吧?哪兒人?」

「鄉下人!」

「鄉下人好哇，」他又笑出一嘴飽滿的牙，嘴也不一高一低了。「那幫人(他指指程家院)個個都是鄉下人。我也半個鄉下人。我們老爺子小半生都是兩隻泥腳杆，祖祖輩輩挑不出一個不穿草鞋的。想想看有多驚險，要是我們老爺子當年安份些，不鬧革命，這一院子人現在還在山旮旯裏，兩腳杆子泥。老爺子鬧革命還眞鬧對了，給自己鬧下這麼個小院，這麼個大院!」他說著開始做腹臥撐。「你來幫我個忙好不好?」

霜降看看他，想又什麼把戲來了。她眞想看透他，這個叫大江的少爺。似乎他做少爺做得心滿意足又怨氣衝天。

大江停下動作，看她斜著身從坡上顛下來。霜降今早梳了根辮子，她曉得自己怎樣打扮怎樣好。她也曉得自己心又不老實了，又讓她全身拿起勁兒來。

「你是不是想在這裏遇上我?」大江笑著問。她否認。仔細想，像是記得誰說起大江每日晨跑夜讀。但她堅決否認她來這裏是爲了會他，對自己，她更得否認得徹底，她還告訴自己：他把殷勤和主動都賴到你身上了，千萬不能再理他。她卻管不住自己的眼，它們還在朝他閃，閃得她一陣悲哀和煩亂，想，那點痴妄竟如此頑強。

「幫我捺住我的腳，」他對她說。「最後沒勁的時候得有東西壓住我的腳。」他臉已由紅變紫。

霜降想著「不理他不理他」，手已捺到了他腳上。他說：「使點勁！要不，你坐在我腳上。」她知道那會更不成話，但人已坐上去。他一動，她也一動。她身體裏面外面都在一動一動。她看見他腹上兩排方方的肌肉，肚臍很整齊，再往下有些淡淡的茸毛。怎麼可以留神到這一切？她慌得吞口涶沫。彷彿她突然間懂得一種痛苦，那來自女人天性的痛苦。

大江結束了鍛鍊，站起來，她嗅到他身上的健康，就像她能嗅出四星身上的失眠和監禁。別去想四星。你又不喜歡四星。那個長久無聲的擁抱讓她感到被死抱過一回。四星幹嘛要抱她？似乎他那死一樣的擁抱將毀掉所有活的、熱的擁抱。

大江並沒有擁抱的企圖。只長久地看她一會，他問她還記不記得他的邀請。

「啊？」霜降驚醒一樣，瞪圓眼。在她的詞匯中急促翻查「邀請」的定義。

「星期六，跳舞，忘啦？」他的神情說：竟敢忘了?!

她說她可能沒空。她說她不會跳舞。她說她去不得大場面，去了就傻。他像聽不懂她，只重複：七點半，北京飯店，我等你。她想他這點和四星很像：別人同不同意不關他事，他反正已做了主。怎麼又去想四星?你又不喜歡他。你噁心他。霜降明白她喜歡誰。

她更明白在這院裏喜歡任何一個男性都是走倒運。

看著坐在山坡下讀書的大江,她想她不會去跳他那個舞。她是誰?他是誰?

星期六下午,霜降早早把四個孩子從幼兒園接回,又給他們洗了澡、換了清潔衣裳。從三歲到六歲的四個孩子都服她管,道理很簡單:首先他們的爹媽沒守在身邊,他們沒勢可仗;其次霜降在行他們所有的把戲,如逮蟈蟈逗蟋蟀;霜降的故事從來不是拖長聲調「從前啊——」;加上霜降會把襯衫往褲子裏一掖瞬間就在草地上豎起蜻蜓,過後問:「我肚子沒露出來吧?」孩子們過去管所有的保姆都叫阿姨,管霜降卻只叫霜降。有次四星老婆(現在明白她就是六嫂)端著已融化得滴滴溚溚的紙杯冰淇淋喚她的兩個孩子,他們卻像瞅個陌生人,然後全偎向霜降。六嫂立刻眼淚汪汪起來。院裏人人都知道,程司令下過令,不准四星老婆接近孩子一步。

這下午霜降被孩子們推著央著,也出不來故事了。她對自己說:看你心裏吵得,你又不去跳舞。翻來翻去就那幾件衣裳,六嫂給的兩條連衫裙倒不舊,但一城女人似乎都穿這花色款式,穿臭了街。幹嘛翻衣服?不是不去北京飯店嗎?孩子們仍催她講故事。她險些笑出來：他們讓她撲了太多痱子粉，一頭一臉白，一幫小曹操似的。霜降自己也洗了澡，四個孩子圍著玩她的濕頭髮。這時，一個小保姆跑來，說程司令叫她去，有要緊事。

霜降小跑著穿過院子。滿花壇大煙花開得沸騰了，要溢出來似的。淮海正給幾個小保姆照相，小保姆個個把自己穿扮成了「花壇」，站在花前花後，花得人眼累。淮海嘴裏不乾不淨地調笑著，不時還跑上去，親自動手擺弄她們的身姿，托托這個下巴，擰擰那個腰肢，「嗨，小胸脯挺高點兒！」說著伸手去觸更要害的部位。東旗坐在樓上走廊看書，肩上盤著隻大貓，見此情形朝樓下喊：「淮海你少無聊點！」這一院子人每天最多上兩小時班，錢卻不少掙。站在樹蔭下的淮海老婆抱著膀子嗤嗤直笑。

東旗縮回頭，大聲道：「二百五！」不知她指誰。

霜降進門時見程司令正抱了支杯口粗的巨大毛筆在寫字，地上鋪了一張與地毯差不多大的紙。乍一看，以為他在抹地板。「報告！」霜降大喊。

老將軍擡頭看她一眼，未應，濃眉一蹙，像是因被打擾而不悅，又像再次記不起她是誰。

好大一會，他問：「什麼事?!」

「她們……」霜降一詫：「不是說您叫我有要緊事嗎？」

「我叫你？我叫你做什麼?!」老將軍不再擡頭，極其專注地寫完最後一筆，然後將筆杵進一隻大桶，裏面盛了半桶墨汁。他歪了頭，手叉腰，神情嚴峻地欣賞寫就的字。

「怎麼樣？啊？」

霜降想他大約在問她。他卻馬上又說：「這麼大的字，非壯了膽才能寫。」他慢慢深深地點頭。「是吧，小女子？」這回是問我了。霜降趕緊笑，說這字眞大呀，首長寫得動這麼大的字吶！

「批評批評：這字寫得夠哪級水平？」程司令問。

「我哪懂啊。」霜降一縮下巴。心想憨就憨些吧，瞎講話，恭維錯了，才會得罪老爺子。

「你們學校沒教過書法？」

「我們是小鎮上的學校嘛。」再有幾秒鐘，他若還沒事，她就告辭。他忽然擡頭了，看著她，眼光頗猛甚至毒。也是忽然地，他嘿嘿笑起來。

「你眞是個土生土長的鄉下小女子？」程司令管姑娘統統叫「小女子」。而且，當他叫

「小女子」時，露出那柔和、委婉、拐彎抹角的湖南鄉音。幾十年地征戰，五湖四海地紮營，漸漸培養出他的一口能體現他身份地位的南腔北調，唯有他吐出「小女子」三個字時，人們尚可能被提醒：這位顯貴人物身上殘存的一點動人的泥腥。

「你——半點也不像，起碼不像我那個時候的鄉村小女子。」程司令目光定在了霜降身上。

「我在鎮上住了好幾年，我父親在鎮上當過消防隊長。我們那個鎮大，像個縣。後來不是改革了嘛？有田種比掙公資好，我父親帶我們全家回了鄉下。我還是兩頭跑著，在鎮上讀了高中。怎麼啦，首長，鄉下姑娘就不興穿牛仔褲呀？」她想撒撒嬌試試。程司令卻仍盯著她看。「您沒事我走啦？我今晚答應帶四個小孩出去玩。」去哪兒？北京飯店？這時它倒成了她的藉口。

「別忙走。」老將軍似乎猛地收回神志。「從那個櫃子裏取幾張紙，」他說，「鋪到桌上。」他手動動。

霜降一一照辦了。她留意到老將軍今天是一身便服：牙白色、帶有同色小細格子的紡綢褲褂，質料高檔，只是洗後未熨，前襟比後襟短了一截，並且被折疊的痕跡非常惹眼。這類質料的衣服似乎不該被折疊，更不該按西式服裝折疊：那寬大褲腿上現出制服褲般兩條筆直褲線，看去不順眼，不倫不類。將軍的髮式也特別，耳以下被剃得極乾淨，剩下的白髮被仔細吹過，仔細分成「三七開」，像是壯勞力的光頭與過時的摩登分頭的生硬組合。「把紙鋪平，拿『鎭紙』鎭上它。然後研墨三七二十一下。好。」

霜降完成一個動作，將軍才頒佈下一道命令，所以想一下搞淸他整個意圖簡直是妄想。與他處長了霜降漸漸明白：他盡可能推遲你理解他根本意圖是爲了防止你的分析、拒絕，截斷你的連續性獨立思考，支離你的思維邏輯，從而使你在不理解他意圖時已執行了他的意圖；在你理解他的意圖而想逆反這意圖時，你已完成了、成全了他的意圖。「好，現在選那中號羊毫。」

霜降感到自己乖得像木偶。

「蘸上墨。」這時程司令走到她背後。「寫吧。」

霜降側過臉，見將軍目光十分柔和。「讓我寫？」她以筆尾端點著自己鼻子。

「小女子！」將軍捏捏她肩：「寫個字就這麼大驚小怪？寫！你自己的名字總會寫吧？」霜降飛快畫下自己名字，爲使那隻捏在她肩膀上的手省些力。「不錯！這字相當不錯！」他把她肩捏得更緊了。她扔下筆，嬉鬧地跳到一邊。她看見老將軍那隻空了的手仍鼓滿力。那手瞬間的靜止使她想到它什麼都揉得碎、毀得掉。

「你這字是沒一點功夫，不過，字胎子好。字不過百天功夫。怎麼樣，我收你做徒弟吧？」程司令在霜降寫下的名字四周寫了一大片「霜降」，把她自己那個「霜降」圍死在裏面。他寫，霜降往門口移，嘴說您要沒事我走啦？一定誰傳錯話，害得您字也沒寫安生。她看看門又看看老將軍，他仍在揮雲舞鳳地運筆。還有三步，她就能從此地逃掉。

突然地，將軍筆一擲：「站住！什麼名堂?!」

這聲吼讓霜降幾乎感覺自己中了彈。剛才還在將她有頭有面款待的將軍剎那間不在了，出來了另一個人。另一個人又兇又老，雙頰顯得庸墜，鼻孔那麼大而黑。不久霜降將發現他的喜和怒並不是他情緒的兩極，而是緊鄰著，似乎僅隔一層透薄的紙，一觸即破。

「你當我這裏是什麼地方？不請自來，想走就走?!」程司令說著便昂首闊步地踏到他方才寫的巨大的字上，踱了一個來回，不時投給霜降一兩瞥狠的、甚至嫌惡的目光。霜降反省不出自己怎樣惹了他，惹出他那麼大一股怒氣。將軍發起脾氣來也是大手筆：在很大的屋踱，屋被他越踱越小，小的不够他踱了。他的步子像在三軍儀仗隊前面走，像在眾志成城的百萬大軍前頭走。可以想像，當年他會踏著這步子去「解放臺灣」，若沒那一灣海擋了他的步子。

最後他大踏步朝她走來，勢頭彷彿連她也一塊踏過去。他的腳步剎得很陡，很利索。她躲不掉他那股熱呼呼的呼吸，它帶著老人腑臟裏沉澱淤積物質的氣味，一種豐富而渾沌的氣味。它新新陳陳，混有多年前紅米南瓜、草根樹皮、蝗蟲土蟬大螞蟻的氣味，還混有不久前國宴的氣味以及當天午餐中油煎蠶蛹的氣味。嗅著它，霜降帶著敬意和恐怖地想：他腔內是一個時代，一片江山，一部歷史。那部歷史教育她：沒有他，以及他這樣的老人，就沒有她，沒有新中國。

他的手再次落到她肩上，她不再動。她強迫自己去平息身心內那股強烈的異感和不適。

「你得學書法，必須學。每天起碼到我這裏練習一小時。我決定教你了。」他把「決定」二字嚼得重重的，像他在餐桌上嚼一顆碩大皮堅的蠶蛹。她不知這個「決定」是厚待還是虐待，反正其他小保姆沒一個被他「決定」的。她這下明白了，四星也好，大江也好，做事說話中帶的那股「決定」意味，都是從這兒來的。他「決定」他們，他們去「決定」別人。

既然是決定，霜降便將頭點得相當殷切。

將軍又說：「你還必須讀書。必須讀。」他手一劃，指四壁書櫃。

霜降更點頭了。她一點也不煩讀書，在家讀書添灶，把兩個辮梢都燒禿了。使她不安的是，她哪點區別使將軍如此「決定」她，她知道自己好看，聰明，討人喜，但也外不出一個小保姆啊。「年紀小，不讀書將來做什麼?!」將軍往語氣上加大份量，像反駁她的反駁，她一個字的反駁也沒有啊。若敢，她會問：將軍您自己吶？據說程司令本人並不讀書，儘管他的藏書是座富礦。其中任何一本他都沒讀過。他藏書甚至不是爲了後代，因爲無論他兒孫中的誰碰了他的書被他察覺，他都會咆嘯。連他的小兒子大江隨手翻翻他的書，也被他喝得坐不得站不得。他的書僅是他的物質財富，他對這財富的貪戀是因爲他祖祖輩輩都貧乏於此。他愛它們，正因爲他不可能眞正占有和支配它們，而僅僅是物質上的擁有。霜降爲她突然獲得的特權震驚——他居然邀她來侵犯他這塊無人敢涉足的聖地。她感到擱在她肩上的手漸漸順她脊梁滑上去，最後停在她腰部。這隻手的自信與霸道使人不敢去懷疑它在倫理道德上的正當與否；這隻手的力度與熱情使人無法看透他眞實的衰老程度。

「你是個不一般的小女子。」將軍說，或說他「決定」。他表情全無，但目光卻溫存許多。手滑過腰與臏的弧度，又回來，似乎不敢相信這個弧度會這麼好。它來回了幾次，驚羨那弧度的青春和美麗。「要好好讀書嘛……」

沒什麼，他的年歲能做你外公了，她這樣想。終於不行了，她出聲地笑起來。只要這樣笑，她身子就可以亂扭或縮下去。那些鄉下婦人都這樣笑。

她知道這笑有多蠢。她知道這樣一笑就能把身上無論多少靈氣都笑光，笑成那種鄉下傻女人。而將軍卻不感到太敗興，也慢慢笑了。牽起一個嘴角——他也會這樣的微笑，它卻僅僅表現他無可奈何的驕縱。

電話鈴響了，她想，這下好了。

將軍抓起話筒，聽也不聽就說：「一會兒再打來，我現在有事。」掛上，它又響。將軍看它一會，「決定」給予理會。他的表情還似乎「決定」了它是誰。

「說。」他對話筒道。完全明白誰在說、說什麼似的。

「……你以後不要再跟我提這件事。你提也沒用，根本沒有商量餘地！……缺他吃了還是少他穿了？他住得跟半個皇上似的，還要自由？你去告訴他，他什麼都能有就是別想有自由！他拿了自由就一天到晚去造孽。……你不要再跟我算兒女賬，這一套我早就不吃了！你再去告訴他一遍：我現在不是他老子，和他沒私情好講。他除了服國法還要服家法。再告訴他：想要錄影機，辦不到！電話？他做夢！他有再多錢，沒我的准許，我看你敢給他買！要自由，要錄影機，要電話，要每天出來活動三個小時，你問問他是誰？他是個不折不扣在服大刑的犯人！做個犯人能活得這麼遊手好閒，舒舒服服他還不知足?!……大江那個小雜種要敢去找他聊，我可以立刻請他回學校！才兩年，他就蹲不住了？叫他別忘了，按原判他該蹲二十年眞正的大獄，幹二十年苦工，吃二十年的『八大兩米』！……」將軍此時突然意識到霜降的存在，朝她揮揮手。

霜降趕緊一步撤到這個燥熱自在的世界。遠處近處都是大喊大叫的蟬。她默立一會，忽然發現自己已不再喜歡這院子。她不喜歡得那麼強烈，以至她想馬上離開。在一切麻煩甚至罪孽統統展現給她之前離開它。與此同時，她發現自己被一個極不熟悉的嗓音吸引著；她從未料到這個家庭裏竟會有這樣一副典雅、圓潤的嗓音。這是將軍書房緊鄰的一間小會客室，曾經將軍會見他關係親密的軍界朋友都在這裏。他們在這裏曾放肆到紙上談兵地設計過軍事政變，那時裁軍百萬的草案剛擬出。後來他的這類朋友前後腳地都走了，都是被一張張國旗黨旗裹了去見馬克斯了。（「見馬克斯」是他們對死的打趣，儘管是句俗套陳話，但每當他們彼此提及它，仍朗聲大笑一陣，像是很難避免的一種條件反射。）即便人間仍剩下一些，如程司令這類在裁軍後不再授銜的，也活得悄然了許多。程司令是他們中最不寂寞的一個，每年至少有四五次靠得住的機會去維持人們對他的記憶：第一是靠「將軍櫻桃」，第二是靠他的書法，第三是一年一度他在老人網球比賽中的表演，第四是到幾所著名中學做「紅軍長征」或「革命傳統」的報告。有沒有第五個機會去提醒人們他的存在，那要看他是否能成功地惹下一件禍事或製造一件軼聞，至少至少，在哪個雲集大眾的場合罵一次娘。這間小客廳自兩三年前就荒蕪了。霜降從半掩的門看進去，積塵中坐著一個女人，烏黑頭髮齊在死白脖頸上，僅憑這點，霜降立刻斷定這背影是孩兒媽。她握電話的姿態也是嫻雅的，這院裏找不出第二個人像她這樣將臉輕微依偎在話筒上。程司令剛才接的電話，是一牆之隔的孩兒媽打來的。霜降驚訝這對夫妻人爲的，但卻是心靈的天各一方。

「……四星已經連續失眠三十六天，他請求給他注射冬眠靈！這幾天他天天在靠冬眠靈入眠。你知道什麼是冬眠靈嗎？那是癌症晚期病人無法忍受身體和精神兩方面的痛苦，不得不用的鎮靜劑。……因爲我也用過，所以我知道它。我一直想死，你是清楚的。你當然沒有明講，但我明白，你對我死活無所謂，只要死得不引出閒話。你懲罰了我一輩子，不過我希望你只拿我這個人來懲罰我，不要拿我的孩子來懲罰我。四星會被你折磨死的，假如他長期靠冬眠靈來維持睡眠……對，這就是我說的——殺他的是你而不是冬眠靈，因爲是你把他活活關進了墳窖，對，那就是墳窖。你斷絕他與活人的一切往來，那就是墳窖。四星現在只剩個人架子，頭髮也禿了。你自己一頭頭髮還那麼稠，去看看你兒子什麼樣吧！……」

霜降進院子這麼久，頭次聽到孩兒媽講話。她字正腔圓，聲音裏有種動人的韻律，並顯出她的近乎完美的教養。若不是親眼見親耳聽，誰會把這麼美的聲音歸究到那麼個拉塌女人身上去呢：孩兒媽所穿的每件襯衫都是皺的，每條褲子都不合體，每雙鞋都被踩沒了後跟。在人們印象中，她永遠是那個毫無髮式的髮式；從未見她抽過煙，但她右手的食指與中指卻有兩片焦黃的指甲。

「現在我才明白」，孩兒媽抑揚頓挫地說：「一個人生成一副殺人不眨眼的性格，對誰他都會殺人不眨眼。」

孩兒媽從哪裏來？一定不是穿草鞋從泥巴屋裏走出來的，霜降想。孩兒媽的父母是醫生，在西洋國家學的醫術，又回到中國來開診所，在醫生家庭特有的悄聲細語和潔淨中，孩兒媽被生出和養大——人們是這樣傳說的。孩兒媽是從學生的平底皮鞋中拔出了她蒼白的腳，穿上了草鞋。和許多支援抗日的學生一塊，她朝聖一樣到了延安，那裏有所大學叫「抗大」。她沒有做成「抗大」學生，十七歲時，做了程軍長的第三房妻子。人們傳，程司令的第二個妻子離開程司令時對孩兒媽說：「我受過了，輪著你也受受。」

在晚飯桌上，孩兒媽與程司令依然和全家太太平平坐著。霜降留心地，甚至擔憂地旁觀這對老夫妻，什麼異常也沒有。半小時前那場對話沒留任何痕迹在他們舉止神態中。她僅僅發現，當將軍夾起一顆被煎成深褚色、肥碩閃光的蠶蛹時，孩兒媽停了筷子，停了咀嚼，似乎也停了呼吸，等著蠶蛹在他堅實的齒間破裂的輕微聲響。這一聲響使孩兒媽既戰慄了一下亦鬆下一口氣。以後的日子裏，霜降發覺將軍每頓飯必吃蠶蛹，他的牙齒每破碎一顆蠶蛹，都會引起孩兒媽的戰慄。

程家吃晚飯的時間，小保姆們像過節或放假。這時她們可以用電話，可以在衛生間裏聊天，一面開著淋浴。夏天衛生間是避暑聖地。霜降進去時，幾個姑娘驚叫起來，隨後是笑。笑得大有內容。

「你們在瘋什麼？」霜降問。

她們笑得一時空不出嘴來說話。這羣農村女孩都長得不難看，除了沒站相、坐相、走相、吃相。身材勻稱些的那個姓李，都喊她「李子」，跟她女主人學著不僅塗紅手指甲，也塗紅腳趾甲。她女主人是五嫂，淮海老婆。

「不跟她講！」李子說：「她才來，講了把她嚇著！」李子是院裏資歷最老的小女佣，自視保姆頭目。她跟淮海有「親一口、親一口」的關係，這點她落落大方地認賬。

一個姑娘忍不住：「李子她……」雖然李子威脅要踢死她，她仍是又嘻哈又比劃：「李子剛才還學，……學給我們看……淮海在床上怎麼……唉喲媽吔！」

霜降戳一下李子的脅：「編的吧？」

「編？雷轟死我！」李子潑勁出來了：「這個院子的故事你腦子想乾腦子都編不出來！下午我去找淮海，報一個星期的菜賬。我一敲門，他就喊『進來！』推開看見床上不止淮海一個人，還有個女的，生臉，兩人都沒穿衣裳。我唬得直講對不起，要跑，淮海說：「這鄉下妞，老子不躁你躁什麼？」他倆真是一點都不臊，在我臉前頭跟鷂子翻身、鯉魚打挺一樣！……」姑娘們笑著在她身上捶，一邊叫：「怎不學了？學呀學呀！」

「淮海叫我報了菜賬，又叫我到五斗櫃上自己去拿錢。我剛出門，正碰上五嫂上樓。她多咱上班多咱下班全隨她自己高興，說回來下午兩點就下班了。我想這回要死了。她剛跟淮海結婚那時候，防淮海防得賊一樣。常常在床上撒點煙灰，要麼擱幾根頭髮，一般淮海午睡都在沙發上，就是往床上躺也躺不到裏面半拉去。她哪次回來，那些頭髮煙灰都沒了，她就哭鬧要尋死。這回還得了，讓她活逮了！她走到門口，不急著掏鑰匙，把門窗打量幾眼，轉臉問我：『裏頭是誰？』我唬得講不出話來。她敲敲門，我拔腿就跑，生怕跑晚了她連我一塊宰。我剛到樓梯口，聽見淮海在裏面拿一模一樣的嗓門喊：『進來！』五嫂進去了，我聽了一會，什麼事都沒出！不是有鬼了嗎？我趕緊到樓下收了曬乾的衣裳，裝佯給他們送衣裳去。敲門，還是淮海答應：『進來！』進去一看，人家三個人好好的在吃西瓜，那女人又年輕又漂亮，看著也不像個婊子，身上只裹了條毛巾毯！你說這故事能不能叫人懂？死不要臉的淮海活活一個花賊，到處搞些漂亮丫頭回來，就憑他在電視劇組當個混吃混喝的副導演，導什麼演？『搗眼』差不多！」

小保姆一窩子笑，罵李子嘴粗。

「他們做得我講不得?!」李子還嘴，唇齒極其鋒利。李子從十五歲開始做女佣，十年下來，她認識了全北京的大小保姆，中南海裏的保姆也有她姐妹。說話、招式油滑卻土氣十足，處處做出滿不在乎，什麼世面都見過的樣子。見霜降也大大瞪著眼，她說：「你看，我知道她要唬著！五嫂人綿和，少心少肺，淮海哄她：你鬧什麼，我有多少女人你都是東宮娘娘。五嫂再不鬧了。晚飯前，淮海偷開了老爺子的車送那女人走了，五嫂揪著我問：『淮海有沒有偷我東西送她？』我說我哪裏曉得。她說：『他一貫背著我拿我的東西做人情。我進口的內衣內褲有一抽屜，我根本沒數。有次我在那個專門放新內衣的抽屜裏撒了撮煙灰，回來一看，煙灰果然沒了吔！』」

這時東旗的聲音在門外喊：「有够沒够啊？水是要錢的！」淋浴馬上都被關上了。東旗又說：「什麼事笑那麼狂？又在講我們家人好話，是吧?!」

少女佣們紛紛穿衣服，準備散伙。霜降抓住李子問道：「你下午傳話，說程司令找我，七扯八搭的，他哪裏找過我。你們以後少跟我開這些玩笑！」

李子叫過另一個小保姆，說是她傳的話。

「是孩兒媽叫我傳話的！」小保姆說。

「孩兒媽？別神經了！」李子搶白。人都知道，誰一把火點了這院子，孩兒媽都不會問一個字，人也都知道她跟程司令的怪誕關係。

小保姆急得賭咒：「——孩兒媽親口跟我說，程司令馬上要見霜降！我還格外問了她，是不是新來的、長得俊俊的、俏俏的那個。因爲我也奇怪，程司令從來不跟保姆講話，要麼通過孫拐子，要麼就當著我們面訓他兒女，說他們沒管好自家小阿姨，你們不記得？有時你明明跟他站得面對面，他偏偏對他兒子媳婦大老遠地喊：去叫你家小阿姨把走廊給我再打掃一遍！……」

不等她講完，東旗進來，插上電源吹頭髮，就像她誰也沒看見、看不見一樣。這個大衛生間的電費是歸國家，所以院裏人熨衣服、吹頭髮都在這裏。

上了公共汽車，霜降心怵起來：孩兒媽想拿我做什麼？甚至有種感覺：孩兒媽僅是一縷未散的魂，屬於一個多年就死去的人，她徘徊人間僅是來清理她生前的滿腹心事。是還願或是報復。拿我報復嗎？報復誰？我僅僅是個十八歲的小女佣，我可沒有在這個家庭中攀附而上的痴心；更沒痴心對大江。他邀了我，我應了，只不過想看看大地方和大地方的人。

霜降開始悔：我竟上車往北京飯店去了！就是知道大江在逗我，我也依順？我痴著什麼？我果眞對他不知天高地厚地痴著？車停在一個站上，霜降對四個孩子說：我們不去北京飯店了；北京飯店不好。

四個孩子沒一個拽得動。對他們來說，公共汽車好，北京飯店更好，程家院外的一景一物統統好。

程大江並沒有等在門口，剛剛八點二十分。他逗逗你的，你還眞識逗。恐怕他根本就沒來，早忘了那個煩了她兩禮拜的邀請。霜降領四個孩子進了門廳，眼四下尋，終於發現一個穿短袖軍服的背影正和一夥人聊得熱鬧。她從未見過大江穿軍服的樣子，但她一眼認準那就是大江。大江穿上軍服就該是這副神氣活現的樣子。他寬寬的、稜角分明的肩膀——雖然她不得不承認這副肩膀和他的個頭搭配有些比例不當——使軍服格外體現出軍服的優勢。她還想，大江著軍服還是大江；軍服一點都不讓人感覺他被這種強調共性排斥個性的服飾統一到一個集體中去，相反，他那麼顯眼地凸突在那裏。

霜降安排四個孩子坐在靠邊的椅子上。孩子們被這個充滿紅男綠女的大場面震住了，一時顧不上給她找麻煩。她買了四個紙杯冰淇淋，塞給他們，他們連聲音也沒了。

一個舞曲開始了好幾回，沒幾對人正經上場跳。到場的所有女性都從頭到腳披掛上了，霜降是其中唯一穿牛仔褲的。

她掏出一支一塊錢買來的口紅，程家所有小保姆都用這個檔次的口紅，對著四個孩子中最年長的女孩塗抹起來。女孩監督她不至於塗得太豁邊。「霜降好不好看？」她退後一步，問孩子們。孩子們齊聲說「霜降醜死了！」

她笑起來，明白那就證明她頂頂漂亮。孩子們常在喜歡她喜歡得不可開交時，對她說：「霜降壞死了！」她朝大江那邊望了望，走幾步，又轉臉對孩子們：「你們不准亂跑！」他們一致喊：「就亂跑！」她放心了，同樣明白那是他們協同合作的表示。

她這時心不那麼重了。一大廳的男女，誰和誰是認眞來做什麼？不過你逗我我逗你，大家熱鬧高興。受個男人邀請，你就在那裏驚心動魄，不是鄉裏鄉氣是什麼。她對著手舞足蹈的大江背影拿了主意：你逗我，我也逗你。

原打算穿過半個場子去招呼他，他卻回了頭。他們一夥人中誰先瞄見她，把她指給夥伴們：有個美妞兒不知衝誰來了！大江從他們中抽身，快了腳步迎向她。她有個感覺，他不想她走近他們那一夥。不知是過分鄭重還是對她遲到不滿，他連翹一隻嘴角笑都顯得吃力。霜降突然發現，他神態裏沒有多少逗逗她的意味；他的冷峻與熱切都是她意料之外的；她對下一步會發生的沒了準備。她停下，他幾乎在同時也停下了，似乎都等著對方來完成最後幾步迎候。

「嗬！」大江道，臉依然沉著：「這是誰呀？……」

她想，他要開始逗了。那麼逗吧。她於是還嘴：「你管我是誰呀。」

大江鬆垮下身體。鬆垮了的他很像四星。「老遠看見個姑娘，頭髮那麼黑，腿那麼直，臉蛋子也沒長錯，我心想那麼漂亮個姑娘我怎麼不認識？我不認識還行？咱們得湊湊近去。一湊近，原來不就是你嘛！」現在已完全聽不出他是胡扯還是實話。「來吧，咱們握個手！」

握手的時間不長，也沒有任何零碎的親暱。它甚至太正經八百，把她「逗一逗」的心緒完全弄沒了。他的手裏沒有四星的無情中的多情，也沒有淮海的多情中的薄情，只有一種誠實的嚮往。友愛、相知、相識、都是這嚮往所包括的。它甚至還嚮往一種控制，對於男女間太自然太盲目的彼此間好感的控制。他也許正以這個控制保障了自己對於女性的自由。

「你能來，我真高興！」他說。

霜降想，這純粹是句口水話。他若不喜歡她，能選兩句聰明多的話來表白。她看著他走過去買飲料，連往外掏錢包的姿式都神氣活現。他們找了個坐處，他彷彿不再是那個十分饒舌的大江。他忽然笑笑：「你看著我幹嘛？」

「你看著我幹嘛？」她馬上還口，笑。

大江笑笑地把臉調開，去看舞池，說：「你沒見我穿過軍裝，所以這麼盯著看，是吧？」

等他臉轉回來，霜降發現他眼睛不同了；似乎四星、淮海、程老將軍都通過他一雙眼在看她。她吃不住被這麼看。剛進這所大院才半個月，就被這樣看，會傷吧？

又一個舞曲起來，大江拉她。她說她不會，他說大家都混，混混人也熟了，皮也厚了。她與他搭好姿式，未啟步，她「咦」了一聲，從他軍服領章下面扯出一小根線頭。他說隨它去，那是他自己綴的領章，活路粗，單身男人嘛！她忽然有一點快活，心想他竟連個替他幹這個的女人也沒有。想著她埋下臉，將那根線頭咬斷了。

「呀！」擡頭時她驚叫。驚她那村姑式的、不含蓄的、武斷的殷勤，也驚她闖下的禍。大江低下頭，看見胸口上印了個唇印。淺草綠的軍服上兩片淡紅實在觸目。「這下漂亮了！」大江說，拿手拂拂它：「我總不能一直捂著它吧？」見她眞窘，他說：「等跳起來，轉得像個陀螺，誰都看不見了。還有，你得貼緊我，把它擋住……」他這時的笑痞起來。

他倆跳得東拉西扯，簡直像打架。大江的節奏感壞得唬人，沒一拍踏到板眼上，他一點也不難受。霜降反而糾正了他好幾次節奏。

「咳，怎麼樣？跳得蠻好吧？」他問。

「天曉得我倆在跳什麼。」她說，一邊去看坐在遠處的四個孩子，不少一個。

「管它什麼。除了我的本行，我這個人對什麼都沒認眞過。我唱歌跑調，跳舞手腳不協調，畫畫只認得紅和綠，做詩從來不押韻。不過我不怕。我照樣唱歌、跳舞、畫畫、做詩。我們家的孩子沒一個有特別才能的，尤其在藝術上，簡直一點竅都不開。什麼問題？血統問題。我爹前面小半生還是個泥巴腿，穿著草鞋走到現在的地位。人家叫我們傖內，我們憑什麼是傖內？憑我們的爹有小樓有轎車？但根基呢？他祖祖輩輩的貧窮、節儉、缺教養，當然還有純樸統統結實地長在他身上、他血液裏；這種祖祖輩輩通過血液遺傳下來的東西，不是他的地位能改變的。他再想附庸風雅也沒用，太晚了。我們雖然都不笨，但畢竟離我爹那個貧窮、缺教養的上半生太近，所以我們只能是這個素質，」這副德性。在高幹崽子裏，我們家的幾個算不上頂次的；我爹儘管不懂教育，但他動不動會拔出槍來限制我們幹太缺德的事。」大江變得很雄辯，舞步越踏越錯誤。漸漸，霜降感到他的體溫烘人。他沒有把她拉近一厘米。動作猛起來，他毛糙的面頰在她額角蹭一下，他會笑出個道歉：我可不是故意的。

舞到一個角落，霜降看見一派淺草綠的制服。有人哄：「嘿，程大江！你在這兒操步啊？」

「我呀，練柔道！」他快快活活答道。

幾個軍人盯著霜降，不懷好意地笑起來：「對呀，好好跟她柔道柔道！……」

「你閉嘴！」大江道，並不是惱。

「舞曲都停啦，程大江，還捨不得撒手吶？」另一個哄道。

大江剛停下，幾個人同時叫了：「哎喲程大江，你胸口上是什麼呀？……」

大江裝著困惑去打量那兩片淡紅：「這個呀？」他認真指著它：「這你們都不知道？這是口紅印啊！」

軍人們都笑，都朝霜降看。霜降去看別處，她知道自己是那種不會扭捏的女孩。新舞曲開始，大江和另一個姑娘跳去了。霜降惦記四個孩子，回頭看，他們仍好好坐在原處。他們很少出院子，在這種人多人亂的地方，他們既興奮又膽怯，其中一個欲站起，霜降朝他做了個手勢，又做了個臉，他馬上老實了。霜降以笑給了他獎勵，心裏卻後悔帶他們到此地。小保姆之間常相互通融：誰有親戚朋友要會，其他人會幫忙照看孩子。誰都明白「會親友」是幌子；這個年紀的女孩，誰不搗點鬼。霜降正是不想任何人認爲，她也有鬼可搗了。

一個高個眼鏡軍人把霜降拽進舞池。他跳得比大江認真，嘴唇始終在一張一合地默數節拍。

「你爸爸是誰？」跳一會他問。他的意思是上這兒來的都必定有個說得上「誰」的爸爸。當霜降回答自己的父親是個農民時，他像對孩子的淘氣話那樣笑。

「眞的！」她帶些挑釁看他。農民的女兒怎麼啦？你把我扔出去？

「說到底我們這些人的父親都是農民，」他說，表示與她的玩笑合作，表示自己也不缺乏這類自我批評式的幽默。「不過是些坐了江山的農民。整個人類是從農業開始文明的，因此人人離他當農民的前輩都不遠。」

他們把自己的父輩看得頗透。像程家的所有兒女一樣，一面批評著父輩，一面最大限度享用父輩的特權。看老將軍仔細拈起碗底最後一粒飯，他們會同情地一笑：瞧，祖孫八代都餓怕了。他們對自己的父輩那樣輕蔑，輕蔑到了不值得與之認真地作一句爭論，當面全好好好，背地裏：「老爺子懂什麼？」每個兒女背地裏從不叫爸爸，都是張口閉口「老爺子」。若要父親在經濟上援助就說：「騙老爺子錢去！」若想得到父親在社會上的支持，就說：「哄老爺子給找幾個老關係。」逢到父親發表見解，他們就說：「老爺子又打什麼岔兒？」碰上父親發火，或與某個兒女口角起來，幾乎所有兒女刹那間齊了心，相互安慰：「想開點，別跟老爺子一般見識！」兩代人天天都惹彼此不高興，天天都你不容我我不容你，卻誰也離不開誰。霜降想，怎麼會這麼滑稽？在外面，他們對自己的父親突然親熱也尊重起來，三句話就讓人搞清，他們有個稱得上誰誰誰的父親，於是「老爺子」們又變成了父親。

高個眼鏡已主動介紹了誰誰誰是他父親。不過霜降對這些誰誰誰沒任何知識，既沒被嚇著也沒表示仰慕。他又玩笑地話及程大江，說他是個官場情場都走運的傢伙。他太忙於談話，節拍不數了，腳步馬上亂。他趕緊放棄交談，出聲地數起步子來。這時他們跳到舞池另一端，霜降發現椅子上就剩了兩個年幼的孩子，撞高嗓門問：「放放和嘉嘉呢？」

「那不！」他們一指，霜降看見兩個年長的孩子正模仿大人們跳舞。

「哪來這麼多的孩子？」她的舞伴問。

「我帶來的啊。」霜降答著，一邊去問孩子：「霜降跳得好不好？」

孩子們卻叫：「霜降，我們尿憋死啦！」

「你喜歡孩子？」舞伴又問。

霜降先回答孩子：「我馬上帶你們上厠所！」然後回答她的舞伴：「不喜歡也要喜歡，到城裏總要做事掙錢啊。」

「你是個……小阿姨？」

霜降笑笑說「是」。見一伙人喝飲料，她說：「『可口可樂』眞唬人，一開砰一聲，像拉手榴彈！」她笑著說她剛到北京那時，頭回根本就沒敢開它。他也笑，但心思全跑了。

晚會最熱鬧時，霜降領孩子們離開了。回到家，樓和院子都已熄燈。東旗在淮海的指揮下倒車。黑色「本茨」在院子裏顯得大而笨重。「媽的這黑棺材！……」東旗脾氣來了。

「倒！倒！」淮海令人眼花撩亂地打著各種手勢，嗓子都喊裂了：「你倒啊，我這不是給你瞅著嗎？笨娘兒們！……」

「淮海，你個流氓跟誰說話呢？少拿我當你那些小娼婦吆喝！」東旗頭伸出車窗。

川南從樓梯走下來，「淮海，今晚牌還打不打了?!東旗，這傢伙輸打贏要，活活一個無賴！昨晚贏了錢，今晚牌桌的邊都不溜！」她又說：「嚷！嚷！把老爺吵醒，明天誰也甭打算用車！」

隨後三人就誰使用這部車爭起來。這是程家從來不得平息的衝突。有次程司令去參加軍委擴大會議，預計在會議上發言，而發言稿卻與議程對不上號。老將軍讓秘書開了車回家去換，車停在門口沒鎖，秘書剛上樓，車就被開跑了。等秘書騎了自行車把發言稿送到，會早已散了。秘書在厠所裏找到將軍，將軍一個耳摑子險些將他搧進便池。程司令的警衛員和秘書少有不捱打的，無論打得寃或不寃，這些秘書、警衛員立刻會得到一紙程司令親書的晉級狀。有的老婆在農村，長期得不到城市戶口，或者一家老少擠一間斗室，長期得不到住房分配，往往在捱了一拳或一掌之後，什麼大小新老難題統統解決了。因此那些秘書、警衛員私下對人說：「只要程司令一拔拳頭或一抽巴掌，我直怕他改主意；只要他拳掌一敲定在我身上，我心裏就暗叫『打得好』！」

第二天早晨，霜降仍到小山坡上揀綠豆，大江仍在小路上長跑。這回他只對她揚揚手，也笑，但笑得很生。他跑了沒幾圈就不見了。霜降走進小門，發現大江手叉腰站在門邊。汗背心搭在一邊肩上，背稍微佝僂。她從沒見過這樣不精神的大江。

「你在等誰？」她問。她希望聽他答：等你，哪怕以他一貫的戲謔。

他卻沒有。沒有了他與她一開初的胡攪和搗蛋。他笑得很有分寸，說：「不等誰。等你進來了我好拴門。」

一夜間，他怎麼和她生成這樣了？她裝不察覺地走過去，心卻有些澀。

「霜降！……」他突然叫。她預備他這樣叫的，卻還是怔一怔。「啊？……」她回身，又那樣略低臉，讓眼深下去，讓目光打著彎到他臉上。

「你怎麼事先沒告訴我？」他問，口氣盡力地淡。

「什麼？……」她仍把臉那樣擺著，很快發現沒必要，他根本顧不上她有多動人；他在被一件事煩著。

「你沒告訴我……我還以為你……我根本沒想到你在我家……工作。當然，這沒關係……」

她一下子什麼都明白了。現在的程大江，是更正了他們間關係的程大江；是個跟小保姆從不瞎扯八搭的正派衙內；是個以調侃女傭為恥的少爺。他之所以跟她逗過，甚至調情過僅因爲他不知她是誰，他上了一記當。上了她的當，因爲她瞞了事實。彷彿她那點痴妄被人看透並揭短一樣道破了，她感到羞惱。她更多的是對自己惱，對那個妄爲的自己——它的虛榮、好高鶩遠使她竟敢去做他的夢，使她眞的有過竊取他好感的企圖。那企圖大膽到了如此地步：她竟以爲那道原本存在的尊卑界限是可以偸渡的。

霜降感到一個很好的冷笑正在她臉上形成。她是笑給自己看的，讓自己曉得好醜，從此不再哄騙自己。「那你把我當成了誰？」

她也得把冷笑給他：看你還敢瞎去拈花惹草。看她這個笑法，他話講得更淡，說這院裏常有八杆子打不著的親戚來住：哪個嫂子的表姐妹；老爺子朋友的晚輩；孩兒媽的近親遠親。總之，他把邀個姑娘出去玩玩，跳跳舞解釋得很正常、很平常；讓她放心，他對她什麼念頭都沒有。然後他說：家裏的小阿姨們都被淮海他們帶出去跳過舞。讓霜降聽起來，那意思是：即便帶個小保姆去跳舞也不是什麼丟人事；即便丟人，也不止他一人丟人。說完這些，他鬆弛下來。他實際上把自己給說服了：你是不是小保姆一點也不要緊，反正我沒對你動過心思。這時他對兩個正打羽毛球的小保姆喊：「臭球臭球！要不要我給你們來個示範？……」小保姆說她們不稀罕他的示範，他回頭對霜降笑笑。

霜降沒有盛接他的笑。你表演什麼？表演你對女傭一律的不歧視？她扭身走開，聽大江邊打球邊和她們耍嘴，成心聲音朗朗的。她走她的路，心想：你有力氣就接著表演吧。

幾天過去，霜降的心已舒服過來，除卻她瞥見他一掠而過的身影。她盡力不去看那身影。也很盡力地，她避免看自己的身影。浴室裏有塊你不得不照面的鏡子，她總虛了眼走過去。不然她會看清一個修修婷婷的女子，光生生地束緊頭髮，衣著很寡淡。她會被那身影鄙薄或鄙薄那身影：就你嗎？就你嗎？你不就是你嗎？你以爲你不是你嗎？你多麼不一樣到頭來還是一樣的——你還是個和其他小女傭沒什麼兩樣的小女傭。不管你和不和她們同樣地傻吃傻睡傻打扮；不管你喜不喜歡讀書和想心思，你和她們完全一樣。不一樣的是你掙著一份額外的錢。你那麼欣然地接受了孩兒媽傳來的指令，每天去爲四星送三頓飯。你也同樣欣然地接受了四星的央求，每天陪伴他一小時。他花這一小時的錢。在這一小時裏你得陪他東拉西扯，替他不斷地變更家具位置，忍受他溫存或暴烈的歇斯底裏。你當然明白在這十圓錢一小時交易之外的更大的謀圖，那是你不可能給予的。四星不是平白無故在錢上吃虧的人。他尚未與世界隔絕到忘記一個大學教授的演講不過十圓錢一小時。與他的全家一樣，四星在錢上決不扯皮，落落大方地表現自己的貪婪，正義的冷酷，坦然地拒絕任何占他便宜的企圖。因此，當他以十圓錢一小時償負你的勞力和幾分俏皮溫柔，你知道有什麼正往這交易之外延伸。不是愛情，不是感情，四星已聲明過他對人既沒有愛也不會有感情。你暫時無法斷定被個無愛亦無感情的男人深深摟住是不是該謝天謝地。你也無法斷定無愛亦無感情，僅爲了錢和一點憐憫去和一個男人親近是不是下作。總有一天，你想毁掉能容下你的所有鏡子，再也不要聽它對你說：就你嗎？就你嗎？……

那一天，你的那一點點非分之想就粉身碎骨了。等一等，那就是說，目前那非分之想還沒死？起碼沒死個透？它在哪兒？在你眼裏、唇上、在你無端的笑和惆悵中？它像最無價值的草，只需餵它一絲太陽兩滴雨，它便苟活下來。它苟活在你的到處。僅大江這個名字就够餵它了。

「大江，電話！」……

「大江你討厭，拿了我的書也不告訴我一聲！……」

「大江，你又不吃晚飯?!……」

這就够了。似乎每個人都有叫他喚他和他親近的自由，就她沒有。從他識破她身分那天，她就沒了這分自由了。也正因爲她沒有叫他喚他和他親近的自由，她仍是和人不同的。甚至他也懂得這個不同。那是在立秋後一個晚上。「霜降……」他叫她。

她一聽險些落淚。她可憐自己這些天來變得多麼憂鬱；只有聽他叫她時，她才知道和承認自己的憂鬱。

「誰呀?」她裝出那種沒心沒肺的快樂。「噢，你呀!」她走上去，心裏胡亂希望著。

他站在花壇邊，手還叉著腰。

「就這麼獃站著，一會兒就讓蚊子咬死你!……」她說，咋咋唬唬地。

「我想問你……」他見她的臉迎著他的目光，便把目光移開，同時手指很隨便地勾勾，讓她靠近。有時下午他坐在樹蔭下看書，手指也常常這樣隨便地向外撣撣，叫小保姆們把吵鬧的孩子們從附近帶開。這手勢他做得那樣省力卻不耐煩。霜降突然意識到，他只向小女佣們用它。你有什麼不一樣呢?霜降問自己。

「我想問你，」等她近了點他問：「你到底是誰?」

霜降微動一下嘴，卻改了口似的「嗤」的一笑。彷彿他這個問題簡單得或可笑得不值得她答一個字。

「你怎麼可能是個小阿姨呢?!你說說看，你怎麼會來做一個小阿姨呢?」

霜降想，他要再這樣沒道理地問下去，她就抽身走開。他卻不來問她了，去折磨他自己。

「這樣的女孩，怎麼會是個小阿姨?啊?!」

「小阿姨比你矮，好了吧?我去睡了。」她哄他一樣笑笑。

「小阿姨高矮不關我事。我是想弄懂，」他抓住她的肩：「你這樣的女孩，怎麼會成個小阿姨！看見我們家其他的小阿姨了嗎？她們才叫小阿姨！」她使勁扳開他的手，問他喝那麼多酒要不要緊。

他說他根本沒醉。

她說那就好。那就好好看看，好好認清她。認清一個鄉下女孩，一份天生成的小阿姨材料。

他再次把手擱到她肩上，像孩子一樣霸道和委屈：是我的爲什麼不許我碰它？他手順著她脖子移到她臉上，她躲，他便越發霸道和委曲。

「別站在這兒，」霜降說，「不然明天就有閒話出來了。」

「那你跟我走。」他拽她胳膊。

「我不跟你走，你自己走。你醉了。好好睡，明天一早就什麼都想清楚了。」

他仍拽著她不肯撒手。她問他往哪兒走，他說就走走。他讓她放心，他既不是淮海也不是四星。

花壇另一側，他驀地停住腳。只要稍稍留心，就能聽見一隻竹扇輕輕拍動的聲音。似乎孩兒媽的每一個夏夜都消磨在這裏。

「去叫她走開。」大江對霜降說，以一種權威性的口吻。

霜降轉臉瞅他，月光中看見他的臉充滿嫌惡，「叫誰走開？……」

「我母親。」他咬著、嚼著這幾個字眼。

「讓我去叫你母親走開?!」

「對。」他手指又那樣輕微地對她撣撣。「因為我想和你繞著這花壇散散步，我得跟你談些話。我不想有人妨礙我，擋在我的路上。還有，我更不願意和她講話。」

這時，竹躺椅「吱呀」一聲，孩兒媽十分悅耳的聲音飄過來：「誰呀？大江是你吧？」

「嗯。」

「他們說你過幾天要回學校了。」

「嗯。」

「他們說你長胖了些。」

「還好。」

「你不想到大使館做武官了？他們都說，你……」

「媽，」大江嘿嘿地笑了兩聲：「您身體又不好，就別操那麼多心啦。」他拿十分柔順的聲音說。

霜降驚訝壞了：她看見他在發出兩聲低笑時，臉上連半絲笑容也沒有；儘管他嗓音那樣和善，他面孔上的嫌惡、鄙薄、不耐煩卻不斷在加劇。她偶然地觸了觸他的手，不料這隻手反撲似的，馬上扭住她的腕子。他似乎尤其害怕她現在離去，把他單獨撇給那個幽魂般的母親。

「他們還說，你爲四星的事和你爸鬧得很厲害。四星總有一天要讓安眠藥毒死……」

「媽！」大江提高嗓門：「今天夜裏外面好像不比屋裏涼快。」

「是嗎？我看哪兒都差不多。外頭嘛，不用開電扇，不是省點電嗎？你給我寄的人參太多啦，今一冬吃不完，明年春就得生蟲……」

「您身體還那樣？……」大江話裏透出眞切的體貼和關切。霜降卻明明看到他已煩躁得忍無可忍，並由於忍無可忍，他幾乎是痛苦的了。

「還那樣。」孩兒媽的回答滲在一聲似乎是輕鬆閒逸、又由輕鬆閒逸派生出滿足的長長的嘆息中。

大江攥住霜降的手腕，示意她隨他轉身。離開此地。孩兒媽卻說：「我這就回去睡了，你要想在這兒散散步什麼的，也好有個清靜……」

「您躺著不礙事，我上別處走走去！」他話聽上去十分快樂，而霜降在他臉上看到的卻是咬牙切齒。「媽，您躺著吧，嗯？」他死命拖著霜降到後門口，酒勁全過去了。

「你和人喝酒去了？」

「嗯。怎麼啦？」

「沒怎麼。你沒事我就走啦？」

她剛轉身，他又扯住她。這回僅僅是扯，沒什麼熱情。「唉，我剛才對你挺無禮的……」

「你沒有無禮。」

「我說小阿姨這個那個的……」

「沒關係，我就是個小阿姨嘛。」

「你不像。……」他笑一下，像是在笑自己的可笑。「我跟他們說：你不是。我說你開玩笑說自己是個小阿姨；其實不是……」

「那我是什麼？」

「是個大學生，就算從小城市來的。」

「你就這麼告訴你的同學的？」

「他們不信，取笑我調戲小保姆。」他截住了更惡劣的話。霜降想像得出那是些什麼話：程大江沒材料屈駕去睡女傭啦，正房沒娶先收偏房啦。她還能想像他怎樣不願被這些話毀，急得滿嘴是謊。現在謊怎樣也沒扯圓，他找她來了。他找她是求她一同扯謊：他們約好去水庫游泳野餐，都約女朋友。「你告訴他們你是個女學生，他們會信你。」

霜降想，還要什麼鏡子？這人比鏡子更忠實地反映著你是誰。又豈止他，每個人都可以在你面前和四周像鏡子一樣矗著，在那裏面你連個修修婷婷的少女也看不見，看見的只有一俱眞相：一個小女傭。對著一俱小女傭的眞相，你怎麼有那個勇氣和力氣硬說自己是個女學生？霜降沒那個勇氣更沒那個力氣。

她對他說：「不。」她說出這個「不」字時自己也吃了一驚：這是頭一次在大江面前沒有搔首弄姿、沒有發嗲。

聽他一路吹著口哨走了。她拒絕也好不拒絕也好，對他都無足輕重，他不會有太久的不快樂。她想要快樂，但她不想要因快樂而生的不快樂。他再不會叫她，她再不會有被叫的快樂，因此她也不會不快樂了。起碼不會有怕不被他叫，怕引他不快樂的那種不快樂了。

霜降順著花壇往女傭們的屋走去時，發現孩兒媽的竹躺椅不見了。儘管大江沒有明確抱怨她的礙事，她仍是知趣地讓了路。有次東旗帶了個男朋友回來，晚飯後她吩咐某個小保姆去請孩兒媽走開，她好與那男朋友散步。另一次是淮海，他和老婆想陪著孩子在花壇周圍玩捉迷藏，事先也叫小保姆去請孩兒媽讓地盤。川南更爽快，吃晚飯時她宣佈明天要來一位追求者，希望大家給點面子行行好，不要在院裏「流氓土匪」地相互罵，她尤其威脅淮海，要再毀她的幸福她哪天非在他寶貝女兒的牛奶裏下耗子藥不可。最後她關照到孩兒媽，「媽，您明晚是不是另找個地方擱躺椅？不說別的，就您這臉色，我都沒法跟人家解釋！」似乎從夏到秋，孩兒媽那張躺椅就這麼出出沒沒。

快樂了的霜降忽然想到，孩兒媽或許是這世界上頂快樂的人。從很早很早，她就從一次徹底的不快樂中徹底快樂起來了。她的情人被她的丈夫除掉了，她放心了——她所能預想的最壞一件事已發生過了。她從此不必再去想自不自殺，逃不逃走之類的事了。再不必去討好丈夫、孩子、傭人，去等著他們來喜愛自己、敬重自己了。她甚至不必擔心人會去打擾她；她躺在那張竹躺椅上，一點點地吮唆很長一段快樂：她在那個文弱秘書懷裏做了一回眞正的少女。他是那樣走進來的，她是那樣迎上去的，頭一回，他們就相互看得太長，看出了他們日後的故事。他們就這樣看、看，看得一句話都不用講了。她是自卑的：我已經這樣不好看了，你還看我什麼呢，我的乳房哺育了一羣孩子了。他也是自卑的：我沒有地位，你愛我什麼呢？我可能連一個孩子都不會給你。你會的、你會的、你會的。像她的丈夫沒够地要她一樣，她也沒够地要他。人們只毀掉了她徹底的不快樂：心悸、冷汗、垂死掙扎一樣的交媾以及交媾之後死一樣的疲憊，快樂卻被遺漏下來。她躺在竹躺椅上，讓快樂像他一樣觸摸她，每個觸摸都是首次的、初夜的，每個觸摸都讓她感到自己是秘密的、嬌羞的。

霜降在脫衣上床時突然發現自己的身體也變得那樣秘密和嬌羞。大江碰過了她的肩、臂和腰肢。她把他得罪跑了，沒了的眞的是不快樂，快樂眞的被遺漏下來。快樂一但被啟開，便跟他沒關係了。它在悄然中觸摸她，她感到自己秘密的、嬌羞的身體本身便是快樂。一個一旦被發現就永遠不離棄她的快樂。

五

秋涼時，程家院的磚牆換成了鋼筋柵欄。霜降注意到在圍柵欄的同時，原先離牆外圍兩米的幾棵夾竹桃樹變成了院內一景。曾經老將軍常常站在牆裏朝那些夾竹桃引頸。據說他早先沒戒煙時，他會對著它們「噝溜噝溜」地燃幾支煙。後來戒掉煙剩下酒又常對它們「吱呷吱呷」地唆兩口酒。現在在霜降眼裏，他僅是在清晨「呼哧呼哧」地對它們喝茶了。程司令請了好些園丁幫他去四處掃覓同樣花種，但從未成功過。那幾棵夾竹桃開的花是深紅色上面帶有烏黑斑點，每朶花都像老戲中的臉譜。終於有個園丁讓他死了這念頭，那花之所以有奇色是因爲它們生有某種根莖病變。這種病使花色變得血滴滴的紅，瓣上黑色紋樣斑點則是霉。花的主人曾經是程司令的副手，二十多年前就故世了。按規矩，將軍一死，將軍的妻子兒女就不再享有將軍的特權，如樓房、汽車等。將軍遺孀與兒女必須在一年內挪進平民宅子。程司令當時動了惻隱之心，特許寡婦孩子們繼續住那座「將軍院」。後來其他將軍院擴展、翻修了若干次，程司令家從最初的兩個衛生間擴展到現在的四個，浴盆的樣式、質料換了十多回。唯有與程司令家相鄰的故將軍樓漸漸黯了色，斑剝了牆壁。它不像其他將軍樓夏天撐出白色遮陽傘，冬天暖氣鍋爐的煙囪沒斷過氣。故將軍的孩子們在樓裏成家立業，嫁娶的多半是平常人家的兒女，樓裏的抽水馬桶銹住了，廚房設備也破舊得不堪使用，以致每個兒女都在自己門前圈出一塊地支架爐灶，堆放蔬菜、糧食，整個樓因此變成一座貧民窟。甚至連院牆上的磚都被漸漸抽出去支爐灶、墊傢俱。程司令曾與故將軍的兒女們商量，要將這幾棵夾竹桃移走，他們馬上同意。似乎在溫飽上有問題的人雅興也小得多。移栽的事究竟沒成功。老園丁說，既然這花歪打正著地得姿色於病害，若移栽了它，要麼它死，要麼它變回到一般顏色。這次恰逢將軍重修院牆，也恰逢隔壁院牆倒塌乾淨，花很順便地就進了這個院子。

「霜降！」老將軍叫道。她端了洗淨的衣服出來，在門廳僅站了不到十秒，他便覺出她。他的脊背有種特殊的感應，只要他對一個人稍加熟識，它就會辨識那人的靠攏或遠去。他的孩子們也得到這功能的部分遺傳：四星在他的車尚有一兩哩距離時，就拉攏窗帘。只要他的車剛進大門崗，尚有半哩才到此院，他的所有兒女便立刻進入警戒狀態：擰輕音樂，停止打罵，清理酒後狼籍。這時所有人都會迅速放棄居時的敵對立場，變得默契和團結。

「小女子你來看這花！」

「我常看的！」下面的話她想講卻沒講：看長了，它們紅得你怕。

「奇花異草，它們就算是了。對吧，小女子？」

「對呀，首長。」她說，同時往繩子上飛快地搭衣服。這繩一直牽到樓拐角，到了那裏，躲開他既容易也自然。

「你別走，」將軍說。他不僅識察她在他背後的動作也識察她的企圖似的。多年前，那位與他妻子曖昧一段的秘書，顯然就這樣被他的背瞄準的。

霜降朝這張寬闊的背走過去。這張背上中過六顆子彈，那些彈孔疤痕的分佈像一局殘棋。怎麼會在背上挨槍呢？一說是他早年被俘，逃跑時敵人從背後開的槍；一說是他對下屬過分嚴厲，動不動軍法從事（或喊叫「軍法從事」）被某下屬報復了。也許正由於這些槍傷，他的這張背變成了他的一套額外的感應器官，別說打手勢，就是在這張背後誰向誰丟眼色，都不會瞞過他。有次他在飯桌上對他兒女們說，現在黨裏和社會上都有人在企圖否定社會主義，名義上叫「改革」實際上是想拿私有制代替社會主義分配制度，不過他們長不了，紅旗是不會倒的。說到「紅旗」，淮海在他背後朝東旗做了個對眼，東旗裝沒看見，父親卻拍拍桌子：「淮海，你不要在那裏搗鬼！有話你給我擱到桌面上說！」

「我沒話呀！您的話百分之二百正確……」

「你當面叫我爸，背地叫我僵化頑固老爺子，你當我全不知道？……」

「您問問他們，我什麼時候……」他指著眾兄弟姊妹。

「他們不比你好多少；他們跟你串通一氣地陽奉陰違，沒有一個好東西！」

川南這時半帶賴半帶笑地抗議：「爸，您怎麼啦——腰裏揣副牌，跟誰都來呀？」她啃著個魚頭，嘴唇熟悉地分泌出透明的碎骨。「我可是擁護社會主義的！」

「你擁護？」將軍的話稍細慢下來：「最新中央文件是第幾號？哪號文件講到文藝界的資產階級自由化傾向？」

「咳，我這腦子從不記數字！……」

「你的腦子什麼都不記！」老將軍打斷她：「不讀書不看報不學文件，加上不學無術！」

他指指全體兒女們：「你們統統一樣，是些蟲！」說罷他站起身走了，飯剩在桌上。

淮海做了個戲劇性苦臉表示痛心，又被老將軍捉住。他在飯廳門口突然回身：「淮海你個雜種再給我裝神弄鬼，明天你不要進飯廳，我不開你的飯！」

他走後許久，眾兒女們都沒敢再不規矩。確信他眞的離開了，東旗深奧地說，一個人從背後受過致命傷害，他的一部分知覺、敏感、警覺，甚至意識都會移到背上。這就是爲什麼老爺子有個洞察一切的「遙感背」。

「遙感背」？霜降覺得這名稱有趣。那麼四星該是有副遙感神經了。他不僅能判斷父親地理上的，與直接的逼近和離遠，並能判斷心理上、非直接的逼近。一天晚上他突然問霜降：「老爺子怎麼你了？」她問什麼叫「怎麼你了？」他盯著她好一會，又問：「他碰過你？」她否認。她沒有把握她是否讓他信服了。

那算不算「碰」呢？那「碰」當中有沒有邪惡？霜降弄不太淸。一個月前，霜降照管的孩子中有兩個被程司令的大兒子和兒媳婦接到國外去了，川南跑來跟她談判，說是她拿同樣工資而工作量卻減掉一半太說不過去，在所有小阿姨中間也難擺平。川南派給霜降的活是：每天幫她收拾屋子，洗幾件衣服，再變花樣每晚燒個風味菜給她吃吃，比如油炸臭豆腐、韮菜炒螺絲。程家是不用洗衣機的，既然已開銷在人力上自然要在電力上省，省回多少是多少。再說程司令不信任洗衣機，認爲機器不會洗衣服只會咬衣服，好衣服兩年就給它咬爛。

而川南的打算在父親那兒觸了壁。父親說：「自己想請傭人自己花錢吧。」於是霜降從孫管理那兒得到指令，讓她每天幫程司令刷浴盆。程司令自己的衛生間與他的書房連著，這樣霜降必須花更多時間出入將軍的書房。雖是遵命刷浴盆，卻不斷被差了去研墨、沏茶。有時將軍會督她讀書甚至也寫幾筆字。她寫字時，將軍便從她身後伸過臂，攥住她握筆的手，示範她如何如何動作。每當示範，將軍不得不將全部體重依在她身上。似乎還是不得已地，他抒開全幅襟懷，環住她，囿小小的她於其中。她不敢說那身體別無用心。她甚至隱約感到那衰老身軀中的激情，雖緩慢卻洶湧地衝著他。她多次試圖脫身，而他卻以更沉重的壓迫抑制了她。他喘息得比平時重許多，對她說最要緊的是給筆頭以份量；筆頭伸向哪裏，就要像刀尖捅到哪裏，捅破戳穿一樣狠。還像什麼呢？將軍又深深喘息著比喻：像犁頭豁進處女地；運起筆來，你若感到筆有千鈞，並鐵硬起來，那就到了功夫。她感到那顆衰老的心跳得很響，響得震人。

霜降放慢了晾衣速度。將軍的背在瞅她，她是暫時脫不開身的。將軍品茶的同時品花，那闊大的背顯得很愜意。他每早靠飲茶和痛罵各類不順心的事來清理喉嚨。比如罵他的兒女，罵當前社會上的不正之風，罵黨的頭頭們某項不明智的決議。罵過，他痛痛快快地吐一陣痰。這時他已朝花叢下的草地吐盡了胸中淤物，闊大的背舒張得更加闊大。當霜降第一次將手擱在這背上時，他就說它們實實在在是一雙小女子的小手。那時他的浴室再一次被翻新，換了隻極大的長方型浴缸，淺灰色；所有牆壁和地面的瓷磚都被換掉，換成淺灰帶淺紅絮狀紋樣的人造大理石片。如同將軍的書房，這浴室的裝璜也是請專家設計的，全部裝璜竣工後，將軍又自行設計了些裝置，比如搬進一面橢圓型，四周有雍容而繁瑣雕花的中式穿衣鏡，還添了幾折「松鶴牡丹」的屏風，色彩喧賓奪主地艷，使整個淡雅的浴室頓時全跟著躁動起來。將軍頭回喚霜降進浴室時，說是要對她進行一回紅軍革命傳統的教育。她一腳踏進浴室，看見將軍的裸背出現在浴盆中，唬得一動也動不了。將軍直叫「進來、進來」，直說「沒關係沒關係」，還告訴她「保健護士都得幹這工作」，透過屏風，她看見那浴缸裏矗著闊得遮天蓋地的脊梁。在他的催促和鼓勵下，她走進屏風。她不敢問：這個脊梁和「紅軍傳統」有什麼相干。他沒回頭看她，用背也看出她的困惑似的，告訴她「革命傳統教育」就在這張背上。他問她是否看見那上有特殊東西。她答是些傷疤。他說那是五十年前，他從被槍殺的、如山的紅軍俘虜屍體中爬出，企圖逃命時，捱得子彈。他當時滾下了河堤，一路血爬回自己的隊伍，一路，他只靠手指摳起的馬蘭頭、芨芨菜填肚子。還靠了替窮人打天下、奪江山的理想信念爬了五天五夜，找到了自己的同志。那一路他差不多把血淌乾了，因此兩隻耳朵變得像蠟紙一樣透明。在霜降替他搓揉脊背時，他感慨，小女子你今天的好生活不容易得來喲；革命不容易喲；那眞是把腦殼掖在褲腰上喲。一千個紅軍中，只有一個能像他這樣活到如今；能看到窮棒子泥腿子贏下江山。霜降當時想，假如所有的紅軍都活到如今，每人都要造這樣大個澡塘子，不知還有沒有地給鄉下人去種。她儘量把目光固定在他背上，以他那些英勇故事維持她對這張赤裸脊梁的敬畏。他又說，我身上還有幾處傷在別的部位喲。霜降忙說，我知道我知道革命——勝利是每一塊像這樣的傷疤換來的。她手越來越重，彷彿要捺住他闊大的脊梁；她害怕這個赤裸的老年男性會從汚垢的水中突然站起，轉向她，將英雄主義變成一種蒼老的，近乎泯滅的欲望。她擔心的事沒有發生，至少到目前尚未發生。他僅僅讓她一遍遍揉搓他寬大的背，一遍遍講著他的傷疤的故事。直到她揉搓得他嗓音發鈍，呼吸拖長，他會對她說，他要在浴室裏打個盹，她可以離開了。

老將軍吩咐霜降劈下些花枝插到他書房去，說它們反正要謝了，風一大都刮到了土裏。這時孫管理不知何時已悄然出現在花的另一側。「好花！」孫管理稍稍倚斜著身子站在那裏。霜降動手劈花枝，劈下來的枝沒剩多少花瓣在上面。程司令直叫：「莫手重，莫手重！」他也常這樣叫，當她替他擦背時。無論她的手指怎樣無關痛癢地觸到他那些傷疤他都會說她手重，彷彿傷口仍鮮著、嫩著、通著他的心痛著。他甚至會喃喃地說：「你狠啊，小女子。都狠著吶；都怨著吶。」她想不懂這個「都」

包括了誰。包括那個終於與父親鬧翻，揚言永不回家的大江？大江不止爲四星一件事和父親吵，也不止和父親一個人翻臉，他跨上自己的摩托車時對整個院落說：「骯髒！醜惡！」他訣別的彷彿是這院落中的每一個人。那個「都」一定包括了四星，四星是父親身上一塊不被看見卻頂醜的傷；父親爲它失卻不少理直氣壯和驕傲，誰若想在政治生活上傷害父親只需照準這塊傷戳。這塊傷是將軍無力護住的。還包括孩兒媽嗎？孩兒媽已如此知趣地躲在自己的角落，難道她仍提醒丈夫她的不忠實曾使她美麗過一段？那眞是耀眼的美麗；那是種丈夫呼喚不出的美麗。

「手莫重嘛！」程司令再次說。說得像嘆。不知爲什麼，他的書房總揷不上花；花若不在被採時凋落就會很快落一層瓣在他桌上或地上。他總怨人手重。

「好花！」孫管理第三遍說。若不理會他還會說三遍四遍，直到程司令對他的阿諛憐憫。即使他的阿諛自始至終被罰在那兒站著，他也從來沒不高興過。

程司令看看他，垂下眼皮：「講吧。」

「三件事跟您匯報。」孫管理頓住不講了。十來秒鐘後他將斷定他當不當講下去。若程司令調頭就走，他就得再來一趟。

「頭一件」：孫管理續續講了，口舌快起來，似乎趁這段風調雨順的時間多勞多穫。

「幼兒園還是不同意搬家。它不搬，游泳池沒法子動工。」

「按原計劃動工。」程司令輕聲道。

「有您一句話就行。設計圖已製出來了，您的意思是把它單獨圈上柵欄，還是把它圈進您這院子？」

「圈進我的院子。」

「您是不是再考慮一陣？」孫管理稍加猶豫，又說：「上次李副總長占了一畝農田修了那個網球場，下面哄得挺熱鬧。」

「他？他個暴發戶，升到副總長又怎樣？全軍他在哪個部隊有老根底？我在軍委罵娘，他敢不敢？上回見他，他上來跟我打招呼我給他什麼話？我說：你個狗日的，在裁軍會議上出賣我的部隊，怎麼樣，你沒得逞吧？他有什麼話回我？臉都氣白了還跟我笑，他去占田霸地修他自己的網球場，當然給人罵！我第一本來就有游泳池，現在不過是擴建；第二，這個幼兒園離我太近，我嫌吵！它不搬只好我搬；我找個清靜寬敞的地方，蓋房子修游泳池，看看國家得多花多少錢！我要不爲國家想，早就搬走了！……」

孫管理一抖腿，身體傾斜成另一個角度。「您說得太正確，我一定去糾正糾正那些人腦筋……」

「說第二件事。」

「第二件是：孩兒媽說她花錢給四星裝一部電話，買一臺錄影機。您看，我直爲難遵不遵她的命。四星雖說有刑在身，但他畢竟是您的兒子……」

「慢！誰是四星？我不曉得哪個叫四星。」

孫管理身體斜過來斜過去好幾回，笑笑道：「您這不是難我嘛？孩兒媽催我催得死緊……」

「讓她來催我。說你的第三件事。」

「這事重要。中國美術館要舉辦個退伍軍人畫展，其中有幾幅退休老將們的作品。籌備會請您寫幅扁額，準備把它掛在展廳門口。看您有沒有功夫……」

孫管理見程司令躊躕滿志地沉默了，哈哈腰道別，嘴裏不清楚地說著「您忙吧，您保重，您有事吩咐……」之類，一面匆匆離去。走幾步，忽然又想起什麼，折過身叫道：「唉，程老總！……」

人傳說「程老總」這稱呼要麼引他狂喜，要麼引他暴怒，全在你前面的鋪墊。前面鋪墊壞了，他便聽出譏嘲：我是誰的老總？總什麼？前面鋪墊得妥當，像孫管理這樣，他便聽出狗一樣的忠實：即便您又腐又瞎，沿街乞討也是我的主子，我的「老總」；不論您眞「總」

假「總」，對我您是絕對的「總」。

孫管理甚至對局外的霜降也給予了「狗裏狗氣」的一瞥。

「三件事不是都講完了嗎？」將軍顯得不耐煩地說。孫管理馬上聽出他此刻有多耐煩，這種耐煩只有他與孫兒孫女以及漂亮小護士小女傭相處時才會出現。

「第四件事嘛，是件芝麻綠豆大的事。」孫管理說著擰擰頸子。霜降從此知道男人也會撒嬌。「您知道我這腿是因公受的傷……」

程司令：「又叫你退出現役？」

「這回不是。您看，我這腿這樣，給我個三級殘廢待遇也太次了吧？……」孫管理說著給霜降丟了個眼色。要她去還是要她留，她吃不準。「您知道，不論您在職在野，說句話就跟中央文件似的……」這時他用話攔住要走的霜降：「對吧，小女子？」

程司令也轉向霜降：「說是他給我當差，到頭了我給他當差——我這一輩子就讓你們這些鷄零狗碎的事煩死！去寫張狀子來！」他似乎明白自己在上當，卻上得情願舒服。

下午三點，東旗吃她的早飯時對霜降說：「以後誰來和老爺子說話你馬上走開。他們就是衝你來的。」

霜降唬一跳：衝我來什麼呀？

東旗臉上沒表情，眼稍微瞇細了，出來活活一個孩兒媽。「孫拐子也想拿你哄我們老爺子，王八蛋！你要是再讓誰拿去當糖，塡老爺子的嘴，我可是會請你走的。下次有人來和老爺子談事情，你馬上離開。離得開也離，離不開也離。至於老爺子教你什麼書法，差你做這做那，我管不著。只要沒第三個人在，老爺子和你之間的事誰也管不著。懂了嗎？我這也是爲你好。」

霜降只得點頭，心想她今天錯過了六嫂，只有另找伴逗嘴了。

「你多大了？」東旗突然問。

霜降說她十九。

東旗不吱聲了。過一會又來一句：「誰教你這樣打扮？」眼神很難猜。

霜降帶點求饒地看看她。其他小保姆常常說：霜降，你也太不打扮了。小保姆們可憐她連雙高跟皮鞋都沒有，天天穿白帆布護士鞋。她們對她說：我借你這副耳墜子吧；你穿上我那件尼龍絲襯衫才好看！……

「長得漂亮又這樣打扮，你不是給自己找麻煩嗎？」東旗見霜降要走，話撵著：「大江約你出去，你也去，你倒眞不怕吃虧呀。」她微微笑了，認爲給霜降的折磨大致够了。

這時淮海闖進來，問東旗：「有美元沒有？急用急用……」

「有啊，你幹什麼？」

「我老婆要報名考『托福』，借二十塊，我下禮拜還你！」

「不借。」

「媽的二十塊都不肯？」

「你老婆考『托福』？她那一小腦瓜的香瓜瓤子？還不定拿二十塊美金作什麼死活呢！」

東旗掏出手絹擦嘴。

「你他媽的不借別那麼多廢話！」淮海說，臉上沒什麼怒氣。他退後兩步，又轉向東旗：「我早晚扯大耳巴子搧你！」

「你他媽的試試！」東旗把手絹拈在指尖上：「我這臉擱這兒了，要搧趁早，不然你那縱欲過度的身子骨可搧不動誰了！」淮海已小顛著出了飯廳，東旗追著他說：「我差點忘了，你上回從孫拐子那兒買的表，是六嫂賣的，孫拐子上下一趟樓，就從我們家賺走幾拾塊！」

淮海高起嗓門：「操……！」

「上六嫂當你難受什麼？你又沒跟她少眉來眼去！」東旗笑道。

「孫拐子再往這院子拐，我得打他出去！」淮海罵罵咧咧走了，跨上自行車，車醉漢一樣幌出了門。

幼兒園和程司令的游泳池只隔一道柵欄。霜降比一般時間早半小時來到空蕩蕩的遊戲室，等接孩子的鐘點。她越來越怕在這裏出現。自從程司令家要擴建游泳池擠掉幼兒園地盤的消息一走露，孩子的家長們常聚在一塊講程家許多難聽話。當著程家人面，他們仍有敬有畏，馬屁哄哄，但只要發現程家小保姆，他們話也有了膽也有了，知道小保姆們不敢把原話傳回去。有回她們當著霜降的面議論程司令，說一個土埋到眉毛的老棺材瓤子修什麼游泳池，水不淹死他也嗆死他。另一個說，老棺材瓤子跟女人玩不動了，就充個排場擺個派頭，他恐怕連水都不會沾一下。第三位參加進來，說，你們把老棺材瓤子瞧癟了，誰說他和女人玩不動，擺個嫩的到他面前，看他玩得怎樣。人都看著霜降孬笑。初時霜降會以牙還地孬笑回去，後來也累了，煩了，慣了，翹翹下巴、耷拉下眼皮：就浪給你們看。這種時候他們會瀉掉些情緒，轉話頭去議論程家別的什麼，比如程司令那本自傳。據說他修游泳池用他自己的錢，他寫的那本自傳得不少稿費——有人這樣說。他會寫自傳——寫凭厚一本書？他搜羅了幾個文人，慫在香山部隊老營房一年，活活給他慫出一本自傳來——有人那樣說。

「一本書能賣出多少錢吶？」多數人對議論錢有很大的勁，「還不是他過去的部下用部隊文化基金來買，再策動全體當兵的當官的都去買；幾百萬軍人一人買一本就是幾百萬本！

誰敢不買呀？皇上給了屎你也得吃不是嗎？你把他那自傳放到書店試試，擱到生要長綠毛也沒人碰它一下！……」

「靠那點稿費修出個游泳池恐怕還沒有他的澡盆大！（人們已傳聞程司令給自已修了個『貴妃池』。）還不明擺著？這批老傢伙要什麼，軍委就給什麼，每年都給他們基本建設經費，隨他們拆了圍牆修柵欄，拔了李樹種桃樹。不是有個老傢伙修了全套地下防禦設施，又在圍牆四周修了炮樓，胡鬧到這種地步中央紀委也不查問一句！紀委幹什麼的？幹的就是專找老百姓的彆扭！這不是拿國家玩嗎？今天他修炮樓，不定哪天他想修紫禁城了呢！……」

最終人們會回到最切身的問題上：「現在看看吧，幼兒園上百個孩子也得給他讓道；挪遠了地方，每天接送孩子有多麻煩！……」

「告他！……」

「告得贏他？」

「告不贏也告，過過癮！」

「告不贏你就倒楣啦。上回告程四星的那個參謀後來怎樣？程四星被宣判了、戴了手銬了，半年不到他老子就把他保回家歇著了，什麼手銬啊、公審啊，都是做戲！那個參謀呢？當年就被調任，第二年就脫了軍裝回老家了。告他，他馬上搞一伙人拿放大鏡在你檔案裏找紕漏！……」

很多時候，他們還會流短蜚長到程家兒女；程淮海打小就去撩小姑娘大姑娘的裙子，連他妹妹川南他都不饒。川南看樣子嫁不掉了，越老的處女越作怪。哪來的老處女啊？程家過去的老保姆傳出來故事，說那個川南是半個白痴，淮海跟她做了什麼，她光榮似的巴不得人都知道。程四星呢？他是蔫土匪，什麼壞事他都下得了手去幹，幹什麼都不露聲色。

「聽說當時中央要拉幾個高幹子弟開殺戒，平平民憤，四星就是一個。初判出來，程老頭子說：我兒子要眞有死罪，我是服國法軍法的，做出一副包公不殉私情的面孔。只要他能沽名釣譽，他什麼幹不出來？他可以親手殺了他兒子演苦肉計！再說殺掉一個他還有八個，他在乎那一個？」

「程四星一向受程老頭子虐待。看不出來嗎？四星長得有些像那個秘書！」

「怎麼會的──程夫人跟秘書的故事是程老頭子疑心疑出來的，恐怕他自己有成把抓的情婦，找個藉口把夫人廢掉。」

「故事不故事，反正都是那院裏的人傳出來的。都傳程家有過第十個崽子，沒出月子就死了。那個才是秘書的種。除掉了孩子、秘書，程老頭子開始懷疑其他孩子也有不姓程的。九個兒女，就四星相薄，又文弱，老頭子就看他不順了。程夫人死都咬定四星是老頭子的。

怎麼辦呢，只有容他活著。」

「程四星怎麼會不像程老頭子？我怎麼看他怎麼像，那雙眉就是他老子的。再文弱，再蔫，他幹什麼都像他老子一樣心狠手辣。只是比他老子棋高一著，頭回打擊經濟犯罪，他一得風聲就代表他那個半官半私的公司捐了五十萬給兒童劇場，幾家大報馬上發了消息。緊跟著，他又捐給殘廢人基金會，其實那時候他知道有人已經在盯他那幾把不開的壺了。殘廢人基金會是老鄧兒子的據點，還有什麼查頭？他販軍火那麼大的案子那次就沒發。換了程老頭，他第一沒魄力犯那麼大案子，第二犯了案子他也決不捨得捐這個幾拾萬、捐那個幾拾萬。他寧可捐親兒子出去。」

「誰知是不是親的。他怎麼不捨得捐程東旗、程大江？」

「他恨不得把程大江做成塊獎牌掛在胸口上！他到處跟人說他小兒子上軍校是自己考的，考上後一直不跟任何人提到他父親是誰，屁呀！頂多同學裏頭暫時猜猜他的謎，軍院那種地方檔案多嚴謹，別說程大江的父親他們在頭一分鐘就清清楚楚；他父親的父親是誰，他們要不多久也搞得清清楚楚。程大江若想瞞掉他老子的身份，恐怕是他嫌老頭子名聲太大又不都是好名聲。」

「前陣程大江回來過假期。這小子臉上看倒是正正派派，像個人模樣。見了臉熟的，他還點個頭，笑笑，有回一輛軍車在營門口撞了個老太太，他手招著老太太斷腿上的動脈，抱老太太上了車，弄得他一身血。程家有個積陰德的，往後老頭子一蹬腿，總不會招人恨得把那院子點了。」

「聽說是這回程老頭子跟他吵翻了，兩人以後誰也不認誰了。」

「程家這種誰也不認誰的咒賭得太多了！上回程老頭子大罵程東旗做洋人娼婦，捉了女兒回來，逼娼為良，要她守那個裙帶婚姻的諾。那時不也鬧到父女相互不認嗎？後來大家都還姓程。你當面罵程老頭子試試，程東旗肯定跟你玩命。有回一個女人賴在軍營門口，說是程司令二十年前答應過要娶她，那時她在貴陽的軍區首長樓做服務員。二十年程司令一點音訊不給，給的就是六十圓的匯款。那女人坐在門口哭天搶地，警衛營的兵上去拉她，她就威脅要脫褲子；拿槍唬她，她就把胸拍得嘭嘭響，喊：開呀開呀，二十年前我就想死沒死成。東旗恰巧進營門，見了她笑起來，說什麼什麼孃孃你怎麼在這兒吶，好多年沒見啦，來，我帶你回家。她把那女人裝進車——她那天正開了她爸爸的車，直接送到公安局收容所去了。女人手裏捏的那張匯款單，據說是程司令親書的，當然被她撕了要麼燒了，反正那女人再到營門口來鬧的時候，什麼證據也沒了。東旗這下氣粗粗地對警衛營長說：一個女瘋子，汚諂首長，詆毀我父親的名譽，你要不官辦，我就私辦了。女人就此沒了，再沒人見過她。不知被官辦了還是被私辦了；也不知被怎樣『辦』掉了。程東旗不是不明白，她被父親捐了出去，捐到那椿聯姻裏去了，但她恨她父親跟你恨他父親絕對不一樣；她怎樣恨都行，你怎樣恨都不行，你一恨，她馬上就姓起程來了；馬上就忘記她父親壞她的名聲，毀她的幸福了。」

當這些話在耳邊聒噪時，霜降想模糊聽覺都辦不到。這些就是最適宜被人聽進去，又被人傳出來的故事，不必誇張編纂，聽進去再傳出來，話自身就變。僅僅孩兒媽與那秘書的故事就有好幾個版本，並且程家院裏的版本和院外的版本絕不一樣。院裏大致承認孩兒媽有那筆風流債；院外則懷疑她或許無辜。院裏對孩兒媽鄙夷，院外更多的是同情。

有天晚上霜降對四星冒出一句：「人家說程司令不是你的親父親？……」說完她就後悔。雖然她與四星已很親近，但這話冒出來，她就定了心等四星惱。怎麼會出來這麼沒檔子的話呢？當了女傭若學會嚼舌頭根，再學會偷嘴和扯謊，一輩子就是女傭的命了。霜降相信自己的壞不屬於女傭。她趕忙將眼一垂嘴一抿，去掉了那種女傭的典型表情——她們一嚼舌就會像吮田螺、嗽鴨腦殼一樣擠眉弄眼、滿臉跑著味道。

四星卻沒有很強烈的反應。他擺撲克牌的手稍一頓，擺得反而更流利油滑。「他是我老子。兩年前他偷偷找醫生驗過我的血。不然他早就借別人的槍把我斃了。」四星笑起來，眉垮著，像笑最蠢的笑話：「我怎麼會不是他的種呢？還用驗血？我打心底裏明白我是他的。我小時候，家裏那個厨子殺鷄老殺不俐落，我兩根手指一鉗，鷄脖子就斷了。鉗的時候心裏有種奇怪的愜意，身上的一股狠勁毒勁一下子跑了出去，那一剎那我不是我，是我爸爸。」他伸出兩根手指，用力空空一鉗，看著聽糊塗的霜降：「看看，他現在在不在我身上？每當我發狠、在學校裏想往人最痛的地方來一下，我發現我不是我自己，是他在我身上。」

霜降覺得他的聲音和模樣都立起來。

「看見他在我身上嗎？」他兩根手指漸漸長起來，鉗住霜降的下頦。霜降驀然看見，他果然在他身上。有兩根蒼老許多的手也一模一樣地伸長出去，老年性震顫也沒妨礙它們的準確和力度。它們並沒伸向她，伸向夾竹桃枝子。有回它們像四星那樣一鉗，一枝筆桿斷了。那時他正好好地教她寫字，胳膊從她身後環到她身前。霜降開始躲四星的手；四星不值得她這樣拚命似的躲，她躲的是在他身上的那個人。「我知道，你看見了：我不再是我，是我父親。我心裏一有那股狠，想毁個什麼，想弄死什麼，我就知道他在我身上。也許我其他兄弟姐妹有不姓程的，但我知道我絕對姓程。」

他手縮回去，停了半響，才又去摸牌。

就是那天，他問她：「老爺子碰過你嗎？」他那樣擡起頭，像是滿地攤著牌向他告了什麼密；他的眼在說「怪不得」。他話倒問得清淡，眼卻說：怪不得你從我身上認出了他。

霜降就在那天意識到自己非常非常地不幸。一些觸碰把另一些觸碰所引發的秘密而嬌羞的快樂驅逐了。她動了怒去否認，對四星，也對自己。

「你瘋啦？怎麼這樣去想你父親？他論歲數能做我爺爺了……」霜降眼淚也要出來了：「我是什麼東西？你也碰得，他也碰得，是吧？」她的淚讓四星頭一次不帶輕浮地溫存了她。

其實那天晚上她不是否認，而是帶著抵賴的承認：我是什麼東西！你也摸得，他也摸得！淮海就這樣理直氣壯地、充滿不平地大聲問：「四星和大江碰得，就我碰不得你？」那回她在樓梯上與他撞上，他順手拍拍她的臉。他在她躲他時那樣磊落地揚高嗓門，假若有第三者在場，他準拉了他來評理。他那毫無鬼祟的放蕩使你對自己看了個透：你就是這麼個東西，人人摸得。他似乎還告訴你：男女之間就這麼回事；人人都想碰，人人都想被碰，人人都在抵賴這個「想」。相互「碰」的事時時發生，不過有明暗而已；暗碰就需要什麼東西遮在面上，比如愛啦、理解啦。什麼愛呀、理解呀都是對「碰一碰」的抵賴。男女無非是碰來碰去，碰長碰短，這樣碰那樣碰。

有了大江的碰，你就認爲你鮮嫩得別人再碰不得？霜降從心裏將自己全身打量著。大江的碰，也只是「碰一碰」，也許比淮海的更簡單，連男女的含意都沒有。你全身嬌羞的、秘密的快樂有什麼來由呢?沒有了快樂的來由,那麼不快樂的來由也對稱地消逝了。她卻仍對四星、對自己抵賴:那個老年男性沒碰過我!

他那樣將身體壓在她背後,那不叫「碰」;他僅僅在教她書法。

他泡在浴盆裏,讓她搓揉他的背,那不叫碰;他僅僅需要個幹清潔或保健的勞力。那麼那回呢?她照例跪在浴盆中洗刷它。她納悶,這隻浴盆她每天都刷得極精心極賣力,一點汚漬都不放過,而第二天又會有大量的、牢牢黏在四周的,似乎陳年老垢的汚漬可供她刷洗。她得刷到渾身的汗濕透身上的短褲褂。她專爲洗刷浴盆換上它們,它們舊,已薄得透明,來蘇水已將顏色腐蝕斑斑剝剝。門被輕叩幾記,沒等她反應,程司令已進來了:

「今天熱啊,小女子。空調出了故障。」

他從來不在她刷浴盆的時間進來。在異常時間出現的他也顯得異常了。他顯得很大,大得團身跪在浴缸中央的霜降自覺小了許多。

「您現在要洗澡?」她覺得自己也異常,不然他怎麼會那樣看她。

將軍忙擺手。「你熱成這樣,就在這裏洗個澡吧。」他和藹地說。他沒有問你:洗不洗?好嗎?怎麼樣?所以他不等待你說「好」或者「不」。他轉身出去時說:「我這個澡盆喲,就是在洋人那裏,也算先進喲。」

他替她關上門，「咔嗒」一聲，證實了它的嚴實。她仍是跳起來，瞪著這扇無瑕無疵的門找它的門栓。忽然想到門栓只屬於那些鄉下的門：木的、鐵的，又粗又重，防賊防盜防野貓子。這裏哪來門栓？防誰呢？她卻感到有更不勝防的東西要防；要把所有的意外都防在門外。她找到的只是一枚鈕扣似的東西，一按，它也「咔嗒」，卻較之前一個「咔嗒」弱，欠果斷，理虧似的，半推半就似的。

她一步步退回來，眼盯著門脫衣服。門好好的，門外的一切都如常。那枚小鈕扣果然有門栓的功能。她仍是用雙手護着身子，跨進浴盆。這時門一聲不吱地開了。那個小鈕扣不是門栓？或許她不懂怎樣使用它？

將軍站在開著的門外，很慈愛地看著她。

她「嘔」了一聲，像那種狂嘔的人發出的又悶又深的聲響。她用盡力將自己折疊得緊些，讓上半身和下半身相互掩遮和保護。

「這是新的毛巾嘔。」將軍走近她，不與她大瞪的眼睛交鋒。

他將毛巾擱在浴盆沿上，臉上帶著笑離去了。笑是笑她小孩子式的小題大作；我這麼個年紀，稀罕看你嗎？他又替她關好門。

她看看盆裏的水漲高，卻仍將自己抱作一團，像隻防禦中緊閉的蚌殼。她對自己說：沒事沒事，他只是送條毛巾。她抓起毛巾，開始擦乾身體。門卻再次無聲息地開了。這次她已站在浴盆外，失去了水的掩護，無助無望得像條晾在岸上的魚。

「這是好的香皂嘛。」將軍根本不去理會她眼裏有多少不解、驚恐、憤怒和委曲。他一步步逼近她，沒有半點理虧。

她再次蹲下，非常狼狽、尷尬、可憐巴巴地對他說：「請您出去，我已經洗完了。」

他說怎麼沒聽見水響就洗完了；哪會洗這麼快；該好好洗一回嘛。

她怕自己忍不住會對他講些刻毒話，甚至竄起給他一記耳光。但她寧可不報復他；她不願再暴露一次自己的身體。

將軍對她的不友善無任何計較，像對待一個賭鬧脾氣的小毛孩，他又笑出一個上帝般寬宏平和的笑：你看重的、當眞的東西對我算得上什麼呢？我這雙閱歷滄桑的眼裏，還有什麼新奇和秘密呢？……

「去，再好好洗洗。」將軍認眞，嚴肅地指著浴盆。他曾經無數次這樣指著什麼：去，把那個碉堡給我拿掉；去，把那幾個俘虜給我斃掉；去，把那支先頭部隊給我幹掉。他同樣認眞嚴肅地說，像霜降這樣的小女子，到城裏必須克服古板、羞怯的毛病。不然怎麼能全心全意爲他這樣的首長服務呢？他這次出去沒有再替她關門。

她手腳錯亂地把衣服往身上套，連走過去掩門的時間和膽量都沒了。但當她的眼睛偶然一擡，從那面楕圓鏡子裏看到了將軍的臉。

它眞正是張很老很老的臉。

既是一張很老的臉，那上面的所有深刻線條都在強調他年輕時的鍾情與無情、勇敢及殘暴。老臉上，那種無望徒勞的，對於青春及美麗的貪戀；這貪戀之所以強烈到如此程度，是因爲它意識到一切青春和美麗正與它進行著永訣——歲月、年齡，不可挽回的衰老與漸漸逼近的死亡活生生扯開了他與她。

一瞬間，霜降靜止在那裏。似乎一絲兒不可思議的憐憫與諒解出現在她心深處。就讓他衰老的眼睛享受她一瞬。

他並沒有碰她。他僅僅看了她，那不叫碰。不然將軍怎麼會當著一羣小女傭的面拍拍她的頭——她正與她們聚在一塊幫厨房檢韮菜，大聲說：「小女子骨頭懶了，兩天沒給我擦浴盆！」又順手拍拍其他小女傭的頭：「個個都懶、都懶；都不肯讀書寫字！」大家又怕又與奮，還有感激似的；將軍怎麼一下子對我們這樣親切可親！最後他對霜降：「今天你再偷懶，我就有脾氣嘍！」他聲音帶著笑，帶著慈愛，甚至毫不掩飾的偏愛。沒有任何不健康不正常的暗示；沒有任何值得他避諱或愧疚的。他的態度彷彿在告訴所有人：我是特別喜歡她；她好看、可愛、個別，討了我的喜愛。怎麼啦？我不可以喜愛一個女孩子嘛？你們不喜歡或假裝不喜歡證明你們心裏有鬼。

將軍的明朗比出霜降的晦澀似的。她懷疑自己把事情想岔了。她還懷疑鏡子裏的老臉是她驚恐出來的錯覺。

所以當四星再一次警覺，問她：「老爺子有沒有碰過你？」的時候，她否認得堅決多了。她抵賴自己在抵賴。就像她抵賴程大江一度在她身上引起的無望的快樂。

揚長而去的大江沒有再出現過。只有一回霜降恰巧接了他的電話。他像是根本聽不出她的聲音，客套而居高臨下地說：「勞駕叫程東旗來接電話——我是程大江。」他連「你是誰呀？好像是霜降吧？我聽出你是誰啦！」之類稍微親昵的話都沒講。當霜降告訴他，她剛見東旗開了車出門，他說了聲謝謝就把電話掛斷了。那一天，她都在一種似愉快卻更像感傷的情緒中，兩次換衣服梳頭髮，一舉一止都有了目的。她沒在電話上問：「你在哪兒？」因此她盡可以想像他就在身邊，或者，會突然出現在身邊。她還可以去感覺——無論他遠或近，他的一雙眼睛時時朝她看。

那一天，她不禁停在浴室的鏡子前面，把一雙想像中的眼睛盛在自己眼睛裏去看自己，那個輕問仍出現了：「就你嘛？就你嗎？一個出身卑微的女孩；值得去輕佻、溫柔，或風流幾夜的小女傭？……」她急忙從鏡子裏抽出身子。但她在所有人眼裏都隱約讀到這個詰問：東旗、淮海、川南，所有人。包括院外的人。

院外的明著問：「那個領程家孫子的漂亮妞兒是誰啊——不就是個小保姆嗎？」

「還能乾淨得了？姓程的男人個個是雁過拔毛！」

雖然霜降潑起來會拿眼朝他們翻，但她越來越早地來幼兒園接孩子。有時她會找個地方避開人，等到所有家長領走各自的孩子她再出現。這時一陣孩子的哭喊傳進遊戲室，霜降辨出那是四星兒子都都的聲音。她趕緊跑到窗口，見都都和兩三個男孩扭成一團。都都個頭大，打得卻很不得法，被比他矮小許多的對手占盡便宜。一位老師坐在樹蔭下打毛線，嘴裏喊著「不准打！」人卻沒有一點趨勢要起來拉架。霜降跑出去。

「他們打我們都都，你怎麼不管呀？」她扯開孩子們，同時問那老師。

「我不是叫不准打嗎？」老師仍是慢吞吞懶洋洋。這是位上年紀的老師。據說當時四星、東旗他們在這個幼兒園時她就做老師了。那時她給孩子們排「孔雀公主」的節目，四星永遠演王子，東旗永遠演公主，無論他倆多麼無表演才華，甚至無表演興趣。她甚至鼓勵孩子們叫他倆「王子」、「公主」，她自己帶頭叫。那時飯碗有紅有藍，所有孩子都嚮往紅色，而每天飯碗發下來，只有四星和東旗的是紅的。老師看看霜降：「再說是都都先動手打的別人。」曾經永遠是「別人先動手打的四星！」曾經永遠是「東旗哭啦——誰欺負她啦？」

霜降替都都整理扯散的衣服，都都隔著她的肩向那三個男孩哭喊：「你們敢打我！我爺爺是程司令！」

「就敢打！」男孩們喊回來：「打死你！」

都都再次聲明：「我爺爺是程司令！……」

霜降拉著他往外走時心想，爺爺是程司令比爸爸是程司令怎麼就差那麼多？

六

程家院子十一月初就有暖氣了。六嫂不僅來吃飯，飯後她還會到客廳的長沙發上睡個長午覺，睡得晚，她就不費事回去上下午的班了，就著暖氣她打打毛線，埋伏著等孩子們從學校回來——秋後霜降每天走許多路到學校去接送四星的一對雙胞胎了。六嫂總是小偷一樣匆匆將孩子摟兩把，或把正編織的毛衣往他們身上比兩比，再四周望望，沒人她會往孩子衣兜裏塞些外國糖果。為了施這類小恩小惠給孩子，她還必須施恩惠給霜降：長絲襪全是進口的。有人說六嫂在跟外國人吊膀子。話更有惡的：「六嫂跟外國人在做生意？肉生意吧？」

霜降看著六嫂摟住孩子的貪婪樣，心想：母性果眞偉大，它使一個女人厚顏到這地步，耐得住這麼多人白眼來、白眼去，只爲了摟那麼一摟。

等孩子等晚了，六嫂便乾脆連晚飯也在程家吃了。這天川南闖進飯廳就問六嫂：「昨天我叫你怎麼不理我？」

六嫂皺皺拔成兩根線的眉：「什麼時候？」

「裝什麼蒜吶？」川南轉臉對大家：「昨天我到友誼商店，見她跟個大禿子老外在樓下酒吧裏坐著，我叫她，她跟瞅生人似的！吃飯時候你又認得程家人啦？」川南又轉向六嫂，並成心臉對臉坐到她對過。「你是怕我跟你借外匯呢，還是怕我向你們保衛處人事處告狀，說你跟老外搞破鞋？說說看，婊子，你幹嘛當我生人?!」

程司令叫了聲：「川南，不吃飯你給我滾！別人還要吃飯！」

「爸，這婊子噁心得我沒法吃飯！……」川南回道。「她憑什麼還往這兒來？我們家四星不是跟這婊子沒關係了嗎？」她對六嫂做出乞求的表情：「勞駕您婊子別往這院子顚兒了，怎麼樣？」淮海上來拉走了川南。

六嫂擱下飯碗，大把甩起眼淚來。她控訴程家以勢壓人，在離婚判決時給法院遞話，不准她當母親的帶走孩子一根毫毛；程家欺負她平民百姓；程家沒一個好人，沒公道好講等等。沒人理會她，都用心地吃各自的飯，生怕跟她一計較要麼敗了胃口要麼好菜讓別人吃去了。飯廳很靜，除了六嫂偶爾一兩句哭訴就是程司令堅硬的門齒嗑碎蠶蛹的聲音。最後六嫂泣不成聲了。程司令將碗「啪」地往桌上一頓，站起身迅速離開了餐廳。像聽見了號角，所有悶吃的人此時一齊停了，相互看看，都在別人臉上看見了沉默的狂喜。川南站起身。

大家全看著她，似乎所有希望都寄託在她身上。

川南揪了六嫂的衣領就往外拖。六嫂比她高，一推川南便倒了。於是上來個淮海，跟著淮海老婆也上來了。淮海老婆從不分是非的，凡是丈夫幹的她都擁護。

「缺乏教養，缺乏教養。」東旗笑著慢慢搖頭。她喚了個小保姆過來，叫她去找警衛。六嫂被拖到院裏時，警衛跑步來了。東旗指著哭得亂七八糟的六嫂對所有人說：請大家好好認清這個女人。這個女人跟這個家已經沒有任何關係，是她主動提出跟四星離婚的，現在成全了她。她做了個陌生人還往這院子跑有沒有道理？沒有道理！所以往後再有任何人看見這個陌生女人；無論警衛、秘書、厨子、小阿姨，統統有權把她往外拖！

快被拖到大門口的六嫂突然大叫：「程四星，你聽著：有本事自己留種！老實告訴你吧，那倆孩子不是你的；你是天生的絕戶！多大能耐呀——霸占人家孩子！程四星，你屣、屜、屜！……」

四星的窗帘合得死死的，一點反應也沒有。川南又著腰仰臉喊：「四星，你眞屜假屜？還不下來抽死她——有大梏梏住你啦?!」

晚上霜降見到的四星仍是浪裏浪蕩，對什麼都累了厭了的四星，根本不打聽究竟發生了什麼。他吃著霜降送來的飯，一邊看電視。像往常一樣，他不停地與電視上的人繞舌。一個領導人在接見國外記者，說著中國到世紀末如何如何，四星便對著屏幕擠眉弄眼：您吹大牛不上稅吧？平均每人兩千圓收入？那時候豆腐多少錢一斤了？兩百了吧？吃肉不排隊？沒肉了吧？打擊貪汚受賄？您這號的貪完了受完了撈飽了就把咱這號的關了殺了，看咱們老爺子沒大戲了，是吧？咱們老爺子照樣修游泳池！不滿意？您改革把老爺子改了革了呀！……屏幕換成一幫學生幫著掃大街，廣播員介紹他們如何樂意爲社會做好事，四星又對著學生們說：掃著了錢千萬別繳給老師！也別繳給警察！千萬別學雷鋒叔叔；雷鋒叔叔沒大腦，不然怎麼那麼早就死了？掃、掃、掃！你爸花錢送你上學，讓你學掃大街的？還不快回家，好好學英語，趕明到美國，掃大街也掃得出美元來！……屏幕上現出幾個醫生，介紹他們怎樣到山區推行新避孕法，他也馬上跟著換詞兒：別扯你媽的淡了！山區人沒燈，上了床幹什麼呀？也太不人道了吧？人窮夜歡；你連夜裏都不讓人歡人還活不活了？你們閹了自個兒又去膳人家，都做絕戶呀？說到「絕戶」，他手指一捺電視搖控器。

屋裏一下子靜得可怖。

霜降看看他。他問，你看我幹什麼？看我像不像個絕戶？她說，我哪裏有功夫看你呀，我在擺設這麼重的家具。她眞的在將一俱單人沙發搬到朝院子的窗下，去壓住那些落髮。屋裏各處可見落髮，那窗前地面上的落髮卻成了層。她從來不問：你每天在窗前站多久？她想像得出他怎樣眼巴巴站著，看院子就像一縷魂看人間。他站在那兒，生了根似的，落髮像歸根落葉，兩年，一條性命就凋零成這樣了。

她直起腰，手扶在沙發靠背上喘氣，感覺他那不妙的「看」。他對她下流過，動過手腳，卻從未這樣重地看過。他看著她，走過去把門的兩道栓都揷上了。

「你過來，」他對她說，跟他父親一樣，不說「好不好」、「願不願」，或者「請」。

霜降疑惑地笑笑。他又說：「你過來」。這回帶了笑。只要他這樣笑就好：又煩又懶、萬事不認眞的樣兒是正常的他。

霜降過去了。他說：「你坐下。」與他父親一樣，在你完成他頭一道指令後，他才給你下一道。你無法反對他的意圖，因爲在你明白他意圖之前你已執行了他的意圖。就像人對於動物——「跑——跳——接住它——回來——坐下——好了，把嘴裏那東西給我。」人從不讓動物明白他最終是想要它嘴裏的東西，否則它有可能做自己的決定：是否跑或跳；是否有必要做那一連串傻動作。這院裏所有的小保姆都被訓練得很高興不必自作主張，不必動腦筋，你告訴她「跑」，她跑完了，高高興興腦子空空等你下一道指令。問題是霜降太樂於動腦筋，當你叫她「過來、坐下」，她明白你絕不僅僅是要她「過來坐下」；她之所以動作遲疑，是因爲她企圖在「過來坐下」之前就搞清「過來坐下」之後將發生的。她過去了，沒有在四星指定的地方坐下。「你要我做什麼？」

四星仰臉看著她，還是那樣重地看。越來越重。是他的目光的分量壓得她坐下了，坐在他身邊。他拉起她的手，翻成掌心朝上，看了看。她知道自己的手是粗相的。人的臉可以瞞住許多事，如生活的艱辛，家境的貧寒，手卻總是誠實的。他將她手拉到他胸口；她看見自己的手很被動地撫著他那副人殼子。她還看到在這隻手和那副人殼子之間的差異，前者健壯、豐滿、離罪惡尚遠；後者病態、乾癟，爲罪惡做出過巨大犧牲。

他想啟口說什麼，但似乎他明白任何話都將與他如此重的目光完全不協調；他明白自己只要一張嘴，準出來些輕佻流氣的話。他已忘了怎樣說正經話；即便他做得出那分正經，也會把自己唬著：我怎麼會這麼肉麻？尤其對女人，即便他認眞，他和她們都不會相信。他多次對霜降說過：「我喜歡你，」緊接著他會加上句：「別他媽逗了！」或者斜著嘴笑，像是被他脫口而出的一剎那的正經弄糊塗了、嘲諷了或噁心了。霜降知道，當他沉默——沉默地輕摟著她或拉住她的手，那是他最嚴肅的對於她的表白。

她手感覺他的心也起搏得很懶。那裏面裝著什麼？那些話——他啟口卻終究未傾吐的話？那些話是否感嘆她變了？她初次與他相遇時的活潑和潑辣、俏皮和頑皮、無知和無畏漸漸稀薄得近乎消逝了。他啟口是想再叫她一聲「小鄉下妞」嗎？他已不再那樣叫她，因爲她不再是個不諳世故、一心嚮往城裏生活的小鄉下妞了。他詫異她不再是簡單樸素的，她有了許多心事。他或許還想問：你的孩子氣哪兒去了？在你那鄉村以外，世界的複雜與邪惡，這院落的糾紛與恩怨使你在半年內失盡天眞？你笑中的敷衍與灰心從哪兒來？……是失望？像我一樣失望地活著，你也失望了——鄉村生活是苦的，但這院裏的生活中，你卻發現一種被稱爲苦難的東西；這院裏的每個人都背著它，他們不得不背它，這就是爲什麼這座院落在極樂的享受中顯出它瘋人院的本質。

他這時將她的手捺在他羊毛外套的鈕扣上，示意她解開它。她照辦了。忽然發現他的手伸到她的鈕扣上，他臉上還有種無賴似委屈：你解了我的，我也得解你的。她用手去護鈕扣，他卻改了方向，將手擱在她胸上。他的表情更無賴：你不讓我摸嗎？你剛摸了我呀。

霜降感到一半的自己在掙脫，另一半卻迎合上去。在她的兩個自己爭執不下時，她發現四星的手已進入她左一層右一層衣服。他眼睛仍重重地看著她，另一隻手將她一點點攏進他瘦骨嶙峋的懷抱。她的臉離他的僅一寸距離，近得她無法看清他，近得他不再像他。一個人的目光怎麼可能這樣重？她突然看見另一個人通過這雙眼在看她。

大江那天晚上將手擱在她脖子上，說她怎麼可能是個小保姆時，就有這樣重的眼神。

大江，既然你透過另一個人的眼來看我，那麼我通過另一個人來感受你吧。她不再抵抗，讓那手探路、詢訪。那手告訴了她，她身體發育得多完美，每一個曲度都清晰柔和得令她自己也吃驚。手開始用力，她感到另一隻手的力量和熱量參加了進來。

大江拽住她小臂時，就有這股「跟我走」的蠻橫力量。

觸摸她身體的手不是冷的、懶的，它溫暖得像另一隻手。她順從地躺下，緊緊抱住他，抱近他，以免她看清他。當她聽見他脫衣的窸窣聲，她調開臉。雖然兩副軀體內是同樣的父精母血的支流，但那畢竟是兩副軀體。二怎麼也不等於一。她怕自己看清這不能合而爲一的二，看清這個瘦長灰白的男人與自己心目中那個寬肩膀、個不高的軍官完全徹底的不同；完全徹底是兩個生命個體。一旦她承認二永遠是二，她便不能通過這一個將自己給予那一個，儘管他們有相似的眼神、微笑、動作、嗓音，甚至有完全相同的一瞬。你不可能把那樣的一瞬固定下來。

他的頭觸到她的腮。她意識到它是半禿的，而那一個卻長著一頭麥楂子一樣又硬又密的烏髮。他的唇觸到了她的唇，她嗅到一股煙味；那一個呢，總笑出一口雪白的牙，那樣的牙是不會發出任何氣味的。他的手捧住她的頰，手指上帶著撲克牌的香味。她想起它們鎮日鎮夜、抽筋似的翻著一張張牌，慌慌張張地收攏一盤、再開一盤，好像任何不運氣不順心都能攪掉、重來。那一個絕不會有這樣十根既忙亂又無聊的手指頭。她沒有機會留心大江的手，但她想像得出它們的樣子——它們翻書，提筆，縫軍制服的肩章時的巧與拙。她這時觸到最不該觸的東西，那雙腳。那雙腳擱在了她的腳上，帶著發黏的冷汗；它們就這樣毫無道理地神經質、出冷汗，看上去像他整個人一樣精瘦慘淡卻又不安分。對了，他的腳似乎是他人格的象徵，你能在上面看到他的浪蕩和羸弱以及侵略性攻擊性；你會嫌惡和憐惜它們，同時又恐懼著它們。

她永遠不會忘掉那個赤著腳，頭次出現在她眼前的大江，他的剛陽並不體現在他輪廓分明的肌肉上，卻體現在那雙腳上。她曾坐在那上面，它們使一個女性馬上聯想到他強勁的全身。與那雙腳比，這一雙好比腐掉朽掉的身軀末端，不然它們怎麼會這樣陰濕和冷？……霜降推開四星。推開他到一定距離，她便看他個清清楚楚了。她身體裏有什麼飛快地在退；一股熱像潮一樣退盡。

四星仍那樣重地看她。他的身體也是灰白的；他所剩頭髮不多，所以那灰白幾乎徹頭徹尾。「我要走了。」霜降說。

他扯住她，沉默透出一點歹毒，她掙扎，他制止她。那歹毒來自哪裏？爲什麼他偏偏這天──六嫂罵大街罵出不知是眞是假的秘密時他對我做這個呢？想拿我證明他不㞞；那兩個孩子是他的根？她開始踢打。

他抱著她任踢任打。直到她相信他沉默中的耐性和韌性同時也出自一種頗厚的情分。什麼樣的情感呢？似乎不如愛那樣美卻比愛更根本的情感。從始至今，他和她的關係就寄生在這情感上。他吮吸她身心中的新鮮與活力。他像胎兒，外部世界則像母體，她是聯繫其間的臍帶。依賴於她，他成了條情感寄生物。他怎能說他愛她或喜歡她呢？那情感比愛和喜歡沉重、複雜得多，並殘酷。

她哪能承得起這感情呢？

她終於坐了起來，伸手去抓散落滿地的衣服。他搶先奪它們到手。

「四星，我要走了！離開你們家！你行行好，讓我好好地走掉！」她眼睛看著他，還有句話沒講：別把我弄得太髒，別毀我，讓我好好離開。她打聽到一家沙發工廠需要女工，簽合同的，有沒有城市戶口，那工廠眼開眼閉。她本來沒有太認眞想過這事，工資低其次，主要是難找住處；北京城的人都有四世同屋；爲住房有殺人有自殺的，別說她一個鄉下人。告訴她消息的是夏天從程家辭職的一個女傭，她說要是霜降不在乎男女方面的事，就可以免費住剛建成、還未及分配出去的公寓樓。那個看公寓的幹部從正月十五到臘月三十都排滿跟女人睡覺的日程。霜降問：那你也讓他睡了？問完就悔，想這樣直截的話太打臉了。不料姑娘大方得很，說睡一覺你又不少什麼，有錢出錢，沒錢出人，這還不是公道透頂？在程家乾淨多少？……霜降悶住了。原來哪裏都不乾淨多少。她的要走的念頭一直是拿拿放放，直到她這時對四星吐出它，才發現它原來眞的是條路。

四星沒問：要走？去哪兒？什麼時候？他就那樣捺住她的衣服，眼盯她盯得越發重。似乎這樣一盯一捺，她便走不了。他另一隻手伸過來，她看到，領先於整個手的是兩根手指。難怪他目光這樣重！

一瞬間，她想起他曾告訴她的：當一股狠勁出現在他心裏，控制他的行爲時，他就不再是他。另一個人在他身上了。她透過他的眼，看到附著在他身上的那個人的蒼老濁重的眼，還看到那蒼老濁重的人性人情沿著兩根伸長的手指在延伸。它們延伸到她身上。一種恐怖，或是威懾使她不再動。這手指變得自信，不再像剛才那樣男孩子式的探詢的，每個新的發現都使它們激動和羞怯一陣。

另一隻手拉滅了燈。只有屋盡頭那盞立地燈把一隻毛糙的光圈投在天花板上。

她這才徹底相信他的話：這個殘忍的、充滿征服性的人不是他，是他的父親。人們竟懷疑他的血統，多麼無稽！他此時不僅證實了他是將軍的兒子，他簡直就是將軍自己。將軍就這樣大手筆地鎮壓住孩兒媽，還有許多被知曉或不被知曉的女人。將軍從來不做「偷看」、「吃豆腐」之類的事，要看，他就直眉瞪眼地看；推開門，闊步走進浴室，看個痛快酣暢。而不是蹶著屁股，弓著腰，吃力費神地去噓門縫、鎖孔。將軍沒有一點鬼頭鬼腦，零零碎碎的邪惡，邪就邪到頂點，頂點就是正。他當著人叫：「霜降，你到我書房來一趟！」

她擱下手裏正撿的韮菜就去了。眼的餘光中，她看李子輕輕一笑。

將軍見了她就牽起一邊嘴笑了，似乎說：你倒眞乖。「進來。」他叫她，「把門關上——關嚴。」他的指令如此理直氣壯，誰都不會懷疑它的正當。

「來，替我研墨。你研墨手最勻。」他說。眼睛也開始微笑，像看他頂嬌慣的孩子。她留心到唯一的不同是他把意圖這樣快就告訴了她，於是她意識到他的實際意圖不在於此。

他坐在他的皮椅上，沒有像往常那樣爲她讓開地盤，她好兩手抱住小臂粗的墨推磨一樣研。他拍拍自己的腿：「坐到我身上研。」

她正懷疑自己耳朵聽岔了，他已將她抱到了自己膝上：「好輕巧個小女子！」他說，一點不像淮海那樣輕浮。「好了，研墨吧。」

她心想這算什麼事呢？兩腳掙扎著要去够地面，將軍卻加重口氣：「別動，研墨！」她的手開始旋那柱墨。因爲弄不清整個情形的性質，她的情緒感覺也無好或惡的定義。既然將軍不覺得滑稽荒唐，她怎麼敢斷定它的滑稽和荒唐呢？將軍那麼一把歲數了，抱抱你這樣的年輕小女子，就算不太正常，也是超出了正常的嬌寵，還能有多大差錯呢？……墨在盤上劃出道道時她再次表示要離開他的懷抱。將軍說：「還不够釅。」明明很釅了。

將軍的一隻手解開了她的衣扣，不是那樣摸摸索索、探頭探腦的解法，而是明朗果斷地將它一拉。她那天的襯衣上恰巧是揿鈕，一拉就全開了。她一手掩衣服，一面無論如何也要站起來。「叫你研墨呀。」將軍說。

她怎樣也不聽他的了。她腳够著地，他也跟她站起來。一站起來他的手更方便了。「你看看你看看……」他又像埋怨又像嗔怪，兩隻手緊緊扣在她胸脯上。他似乎感嘆它們的大小合宜，滿滿捧了他兩手心。「不動嘛，你看看你看看……」她不敢動了，她已從他的「你看看」裏聽出了脾氣。

「你看看你看看；多好，多好；不習慣？以後就習慣啦。」他像在開通她，誘導她：什麼大了不得？沒比這事再正常的了。她被弄痛了，拿手去護，他不耐煩地把她手扔開了。

「研你的墨嘛，工作哪能不幹完？工作有頭有尾，善始善終的那種同志，我就喜歡。要用力喲。你看看你看看，這樣多好，墨才會釅嘛！這才是負責任的工作態度嘛！」

她看看桌邊的裁紙刀，怎麼也甩不脫一個幻覺；那刀連他的手帶她自己一同戳穿。但她的手一離開那柱墨他就會說：研你的墨嘛。她怎樣也不可能以一個動作就把那刀持到手，萬一讓他看出動機，他眞的要發大脾氣了。這場大脾氣的後果很可能要她的命。將軍的手槍就在最順手的抽屜裏。她突然明白，他讓她磨墨實質上是控制了她的雙手，就像叫俘虜舉起手來。那以後她很少去將軍的書房，將軍也不再叫她，據說他血壓心跳都有些異常。

直到冬天，變得消瘦憔悴的將軍披著呢大衣走到院裏，看一眼霜降，像是戰亂中突然遇到自己失散的孩子，意外並傷感地叫了她一聲，然後說：「你這個小女子，你躲到哪裏去了呢？……」他拉了拉她的手，問了她這樣那樣的事，包括過多衣服足不足。她想，也許那件事眞的不那樣邪惡，不然怎麼沒有半點曖昧和隱諱在他的表情裏？她幾乎認爲那不是眞的，只是她發了臆症。那個強取豪奪她青春和美麗的將軍是不存在的。

然而這晚上將軍通過四星提醒了他的存在，那事實的存在。四星不再是四星——正如他曾說的——當他想毀什麼時，他的父親便在他的生命中出現了。她這下看得清楚之極，那個老而強暴的生命就在四星凝重的眼神裏，在他帶著火氣血性，不容你置疑的兩根手指頭裏。

她對四星的那點憐憫頓時沒了。強暴一生的將軍是不會老的，他正通過這個貌似羸弱的四星在毀她。

事情沒有發展到最後一步。

事後她想，也許四星在最後一剎那良知發現？也許，他眞的像人們講的「㞞」？也許他嗅出了父親的踪跡，天倫的禁忌使他止步了？不然他怎麼會在她匆忙著衣時來一句：「我父親七十九歲了。」他像在勸慰自己：這樣的老人再壯也不中用了；他也像在開導霜降：他對你只是心有餘力不足的一把老骨頭了。

除夕前一天，樓上樓下忽然哄鬧起來，說四星自殺了！把積攢的一大把安眠藥全吞了下去。醫院來了救護車，將軍站在樓梯口喊：「祖宗的！連力氣大的都找不來?!淮海，你個雜種還不幫著擡擔架！……」

孩兒媽趿著鞋跟著擔架喚：「四星，我的兒子！」這一喚喚得原本已忘了四星存在的眾兄妹全動起情來，川南凄號：「四星！六哥呀！我們知道你苦啊！六嫂不是東西，你何苦爲她傷心成這樣！……孩子是你的！她罵也罵不掉的！」

「什麼體統！」程司令吼：「他又沒死！」他渾身一戰，像要跌倒，被那位矮警衛員攙住了。

四星被搶救了五天，仍沒有死活結論。第六天孩兒媽對霜降說：「他醒啦。」她不說那個「他」是誰，霜降也明白是四星。從霜降被派了送四星的三頓飯上樓，孩兒媽就跟她常常提「他」，聲悄悄卻清晰。「他喜歡這種香皂。」「他不吃羊肉，從小不吃。」「他昨晚睡著啦！」霜降發現她成了孩兒媽唯一的說話對象，而唯一的話題是「他」。

「你去看看他吧？」孩兒媽說。「車在門口等著。」她遞過一隻棉包，裏面是一罐粥。

霜降捧著粥鑽進黑色大「本茨」，車裏黯，她怔了一陣才認出朝她明目皓齒笑的是大江。「你叫什麼名字來著？我有點想不起來了。」他說。霜降沒答話。要是眞那麼好的忘性我何苦惹你想起什麼。

大江催促司機開車，然後將腦勺仰在靠背上，閉上眼。她看看他，發現他已有了些官態。他剛撮起嘴唇，想吹口哨，馬上改了主意，大概認爲那樣不够穩當。

七

出了院的四星不再失眠，胃口大，頭髮差不多掉完了。當人們發現一個白胖子在傍晚的花壇邊蹓躂，不敢信那是三個月前瘦空了的四星。據說他的神經系統又向另一邊偏差，現在每天要睡十六七個小時的覺。

誰也沒問出他吃安眠藥的原因。當然，誰也沒敢認眞去問。有次川南在晚飯時咋唬：「四星，那麼多藥粒兒够你呑半天的吧？」她的男朋友立刻朝她使個眼色。

四星慢呑呑答：「我又沒事，慢慢呑唄。」他現在說話幹事都慢許多，因爲胖才慢，還因爲慢才胖，很難說。

「六嫂那婊子，你住院時她還非要進病房看你，我擋了婊子的駕！……」

「川南！」大江皺皺眉：「你怎麼這麼多辭兒啊？」

川南笑個鬼臉出來。以往她一定不饒，非把話頂回去不可。好比打乒乓，球打到她這邊落了地，讓她去撿，那是辦不到的。四星出事的第二天，大江回來了。他叫警衞員去報告：他馬上要和程司令談話。很快，父子倆的嗓音從書房隔壁的小會客廳傳出來。這是一種信號：父親已開始把這位兒子看成了同僚，必須給予重視和平起平坐的地位。小會客廳已荒廢幾年，來找程司令的人沒一個値當往小會客廳請。有人猜，或許大江的學位使父親敬畏，程司令自己是二十歲掃的文盲，曾經他爲此驕傲，動動就對不愛讀書的兒孫們說：「你要有老子二十歲掃盲的本事，我也不操你閒心了！」自大江開始讀高等軍校的博士學位，他再不提他二十歲之前目不識丁的歷史了。夏天大江回來過暑假，父子倆吵了好幾場。爲四星的事吵，爲修建游泳池的事吵（兒子反對攆走幼兒園修泳池，說父親爲搞壞自己聲譽做大宣傳）。雖然父親總是吵贏的，但人們聽出將軍的「你懂個屁！」「你給我滾！」裏面氣焰盛實質衰，兇得空洞。

有回程司令問厨子：「飯廳裏有什麼必要開四個電風扇？兩個不够？」厨子回道：大江叫開的，說有四個電扇大家照樣出汗才是眞正的浪費。程司令堅持伸兩根手指：「開兩個！程大江有自己的房子開四百個電扇我也不管。」

又一次淮海要去山西出差，川南說山西窮山惡水頂沒看頭。淮海說：「古時的晉國，怎麼會沒看頭！」

東旗問他說的是哪一「晉」，是「三國歸晉」的「晉」，還是戰國前期那個「晉」。

淮海說：「不都一回事嘛？」

東旗說絕對兩回事。川南建議找個權威問問，大家都說找大江。這時程司令沉下臉，使碗筷的手也重許多。人才意識到，在這種問題上張口閉口的大江，是太疏略太輕視父親了。父親出了飯廳，淮海說：「嗨，老爺子讓咱們給得罪了，吃那麼點兒就走了！」

川南說：「老爺子準去翻書去了。明天晚飯他準會把話轉回來，把今晚從書上看來的告訴你。讓你看看，他不比大江懂得少。這樣他才找得回老面子。」

「你們別那麼貶老爺子，他再好勝還能嫉妒自己兒子嗎？」東旗說，她的笑恰恰告訴人：老爺子就是嫉妒自己兒子。

父子倆在小會客廳沒有吵。被程司令請進那裏，就意味著他給了你極大擡舉，而他擡舉你就不打算和你吵。隨後兩人前後走出來，以一模一樣的架式披著軍大衣。到飯廳門口，大江沒等警衛員跑過來，就替父親摘下大衣，掛上衣架。人們交換眼色：在生死未卜躺在醫院特護床的四星身上，父子達到了統一。「等四星出院後——假如他能出院的話，」大江說，頓在這兒，等所有人都停止了咀嚼。他接著宣佈由他和父親共同爲四星制定的「獄規」。由於健康原因，大江強調，四星的禁閉範圍不得不擴大；他可以參加家庭晚餐，晚餐後可以在院子裏散步，也可以和家庭成員交談。說到這裏程司令插了個「但是」進來。大家等他的「但是」，他卻「嗑」的一聲磕碎一隻蠶蛹。

「但是他要是跟院子外任何人有接觸，或者跨出院門一步，我馬上收回現在給予的讓步。都聽見了吧？」程司令授權予每個家庭成員，包括厨子、警衛、秘書和小保姆們，誰看見四星違犯禁令都必須告發；誰知而不告，誰將與四星一塊受罰。

他四星也有不出院的可能性，大江補充。他這次的藥物中毒頗嚴重。他把自殺說成藥物中毒，顯然想讓院內外的都當它「藥物中毒」去接受和理解。

就在這些宣佈的第二天，四星從「藥物中毒」中醒來。霜降發現同車去醫院的竟是大江。閉目養神了好長一段時間，他轉臉問她：到底是什麼促使了四星服毒？六嫂？失眠？孤獨？心理病態？霜降說她並不知道什麼。

「你不是給他領孩子嘛？每天三餐飯也是你負責送，你沒看他反常？」

霜降想說：他天天反常。但她說成：人沒了正常生活，誰看得出他反常呢？

大江乍一下，說：「你這話有哲理的。你很靈。好像還善解人意。」他使勁看她，之後又要求她把手給他，他要看看那上面的智慧紋。他看一會，笑了，說他記錯了：哪來的智慧紋，該是事業紋。

像是忘了，他沒將霜降的手還回，靠回去閉目時，手把她的手擱在自己膝蓋上。霜降想抽手，又覺得硬抽不好，似乎說：放規矩點！或者：揩油啊，你?!哪怕就是個提醒：對不起，您握著我的手吶！也會把氣氛弄彆扭。然而不抽回呢？似乎又顯著太情願，太往上送，太賤。她看他一眼，怎麼看他也不像那類花癡，握了女人的手就醉過去，再不就裝傻裝死。反過來，怎麼看他也不像把她手當成了物件：借了，忘了還。只有一種可能，他存心握著她手；那握是有動於衷的。那麼前面他說他忘了她名字是撒謊。原來他也需要撒謊才能把一些事實否認掉！比如他得否認他喜歡她這樣個小女傭的事實，唯一必要的謊言就在他倆之間：我沒有想過你；你看，我連你的名字都不記得。接著他也就得否認另一個事實：他在接觸她。只要他不對握她手這舉動做任何解釋，他也就不必對它負責。這不就否認掉了嗎？

他多虛僞自私！她看看他佯睡的臉想。這臉有整齊的線條，寬額上深深的横紋顯出他習慣於用腦過度，而臉頰的健康氣色表明他極有節制的生活。他與父親很相像，在模樣上和性情上把程司令做個適度調節，就成了程大江。在那個調節中，他沒了父親做好事做壞事的氣魄和恢宏，也沒有父親做得出承得下的膽。他顯然聰明過父親，也懂得回旋和餘地，但像父親那樣先盡興再收場地去愛和恨，他不能夠。父親只要愛，就去掠奪，去占有，去毀壞；他也不瞞著隱著，你罰得了他，他任罰，罰不了，他便明明白白罰你。

他決不會像你程大江，一聲不吭地握著一個女人的手，用沉默把一切都賴乾淨：沒有喜歡，沒有動心，連想碰一碰的男女本性都沒有。你程大江還對守在四星病床前的老護士扯謊——老護士跟出門，講完四星的情況後，對霜降說：「這麼水靈個姑娘，我猜，是個空中小姐吧？」

大江哈哈笑起來：「她不是空中小姐，是地上小姐！」

老護士馬上做出反應：「噢，在大賓館工作？我說全北京的漂亮姑娘都哪兒去了，全給招到大賓館去了！賓館工作好啊，遇上的都是人物！……」她說著拿眼使勁朝大江一斜。

大江又哈哈哈。哈哈哈，謊就扯了。回到車上他說：「馬屁精老太，拍我爸馬屁拍慣了！」霜降想，你爸不會到人後叫人馬屁精，無論馬屁精拍得他開心不開心，他都或怒或笑地指人鼻子：「少給老子馬屁哄哄！」

與這個兒子比，父親誠實和勇敢多了。新年前淮海的電視攝製組來給程司令拍專題，淮海朝父親喊：「爸，您眼往哪兒看？」

「看霜降那個小女子！她在帶小鬼們採柏樹葉吧？」

「您看她幹什麼？」

「她好看，我不能看?!」父親火了。

淮海笑起來，說他倚老賣老。

而兒子呢？人問：「大江，你早晨跟誰在後山坡上說話？一個女孩子？」

他睜眼瞎說：「沒的事！」他早晨明明在後山坡遇上霜降，跟她描繪他剛看的一部美國電影。還問她：「你對將來有什麼打算？」

她說就這樣工作，掙錢。

他又問：「沒想過別的？」

「什麼別的？」

「比如學習，婚姻。」

她說她哪兒想得了那麼遠。她告訴他她想離開，去一家沙發廠做女工。

「爲什麼不想做學生呢？」

她說她高中畢業後考過大學，考死了，也考不取。

他說：「有的學校不難考，像軍隊的護理學校。你要想考，我給你找資料復習。」

她笑著問：「誰供我啊？要吃要住，就算學費不繳也要一大把錢；誰供，你供啊？」她下巴朝他一蹶。

「錢總有辦法！買得起馬還能配不起鞍？你先準備課，考上了，咱們去找老爺子，不行，找我媽也成！她拿了三十年病休工資，全攢著！……」

很久沒見他這樣神采飛揚了。頭次見的大江，就這樣咋唬、熱情、開心，霜降想，是什麼使那個咋唬熱情開心的程大江又回來了？……很快她發現，回來的就是那一瞬，當人問到他是否與她在後山坡談話，他否認得那麼憤怒。

「幹嘛火呀，這不挺正常的嗎？」東旗瞇眼笑。

「什麼正常？」大江瞪她。

「碰見個小阿姨，順便聊兩句，不是很正常嗎？」東旗給她的大猫刷毛：「我又沒問別的，又沒說：晦，程大江，怎麼沒喊暫停就換人——兆兆怎麼辦？」

大江做出個欲說還休的表情。猛然發現霜降就在近處陪兩個孩子跳繩，他說了句：「這個家的人無聊透了！」

霜降知道兆兆是大江新交的女朋友。小女傭有天指給相互看：那個就是兆兆——一般化嘛。給了這麼個評論，大家心都平了些。那天兆兆第一次到程家來，年初五，四星脫了險，家裏剛有心思接待客人就接待了她。

兆兆是被另一輛轎車送來的，一輛跟程司令的大黑「本茨」一模一樣的車。意思是，她有個與程司令差不離的父親。比程家優越的是，車可以無時間限制地等她。霜降在院裏晾衣裳，手凍得鮮紅透亮，她得不斷往指小上呵熱氣，或在棉衣胳肢窩裏捂捂，它們才不至於木掉。聽見一個孩子氣的女聲說：「你家院子好大！」霜降看見大黑轎車敞開的門旁立著個短髮姑娘，一件皮夾克很短，一條毛圍巾卻長及膝蓋。

大江拿英語跟她說了句什麼，她便轉身跟他往程司令書房方向走。她走路給人感覺是她比任何人都熟門熟路。程司令的嗓門很快揚起，像他清早罵人，對著夾竹桃清喉嚨一樣嘹亮。「兆兆！你爸在昆明軍區當副政委的時候，我去雲南，你才這麼點吔！」

「您見的準是我妹妹，我一直在北京唸書的！」兆兆不習慣順人話說。

早聽小保姆們議論：大江有個新女朋友，爹的官銜比程司令大，姓趙，叫兆。叫起來就是兆兆。這時她們都大氣不出地在看這個兆兆。

霜降倒覺得這些女伴給兆兆的分數偏低，兆兆遠超出一般化，不如東旗標致，比川南俊多了。看上去有二十七八，跟大江年齡相當。大江替她拿著女用皮包，微笑頗文靜。霜降從沒看到大江的這個笑，他要麼撐滿嘴笑，要麼斜一邊嘴笑。這個笑往往出現在企圖學乖的孩子臉上。

過一會程司令出來，四處巡視，像要吆喝人。矮警衛跑過來。他的遲鈍一貫被程司令拿頂粗的話罵，今天只挨了句：「屬鱉的，爬快些！」音量也有所控制。他吩咐警衛到廚房端三碗元宵，要豆沙的。程司令從不過問這類事，嫌婆婆媽媽。

「那是誰呀！」霜降回過頭，他也不像往常一見她就咋唬小女子長小女子短，每道皺紋都顯著愛憐。「不要在院子裏晒那麼多衣服，不好看嘛！」他捏嗓門喝斥。

霜降這才相信小保姆們的話，兆兆有個比程司令官大的父親。

不然川南也不會說：「兆兆，你剪這種頭絕了，電影《小街》一放，這幾年好多女孩子剪假小子頭，沒一個像你這樣順眼！」川南等次官銜一向搞得最清楚，到底人事幹部。那些憑相貌做了程家媳婦的，只要一問出她們父親的職位，她馬上重新給她們的相貌裁判，這個下巴太短，那個屁股太大；瘦，白骨精，胖，猪一樣。

兆兆卻沒讓川南捧高興。不知爲什麼她在整個家庭晚會裏成了最不高興的一個。晚飯前，小保姆們被吩咐了把飯廳搬空，說是晚飯改成「鷄尾酒會」。兆兆一進飯廳就皺眉，對大江說：「哪有鷄尾酒會上喝茅臺的？」

「中國鷄尾酒會！」大江笑道。

「那就不能叫鷄尾酒會！」

「誰愛叫它什麼就什麼吧。」大江的笑緊張起來。

「怎麼能愛叫什麼就什麼呢？北京新開的那些西餐館，什麼莫名其妙的東西在那兒都可以叫成法式牛排，德式牛尾湯，愛叫什麼就什麼。中國盡出這些不倫不類的東西！」

大江臉上乾脆沒了笑。「那就請你將就點吧，誰叫咱們的爹都穿過半輩子草鞋呢？」

兆兆或許從此開始不高興的。

依霜降看，大江蠻體貼兆兆。兆兆吃一會，張開兩手：「餐紙？」他馬上掏出自己折得四四方方的手絹，細語地向她抱歉，他家不用餐紙。

小保姆們也被允許參加晚會，不過拿了東西到外面吃。全擠在窗臺上看兆兆。「兆兆笑了。」「兆兆跟東旗講英語了！」「兆兆脫了件毛衣，準備跳舞了！」「兆兆的屁股扭得活像鬼子！」……

程司令這時退場了，一面說：「你們好好玩！」又對小保姆們說：「小女子們想蹦躂都去蹦蹦，過年嘛！」其實不是因爲「過年嘛」，而是「兆兆嘛」。他一向恨「的斯摳」；管它叫「跌死狗」，說男人女人這樣對著扭，就扭出那麼多離婚來了。

兆兆一直是皺眉苦臉地扭。李子在行地告訴霜降，這才是地道的；淮海請她看過美國錄影帶，上面的洋鬼子都扭得滿臉痛苦，要死要活。

兆兆跳累了，就把臉歪在大江肩上歇息。大江悄聲跟她說了什麼，她才又笑了，捶了他一下，舉起個孩子一樣小小的拳頭。

而就在兆兆出現在院裏的前一天，大江一詞不置地握了霜降的手。

就在兆兆出現的兩星期後，大江與霜降談起「將來」。他有兆兆，霜降有沒有「將來」關他什麼事呢？

霜降想，他若再對她做莫名其妙舉動，她就眞嚷：放規矩點！揩油啊你?!她懊惱那天沒狠狠抽回手，讓他的手跌痛。他活這麼大，還沒有女人閃失過他。他和女人各占天平兩頭，女人總全力壓住這頭。索性不壓，撤出天平，讓他那頭一墜到地，跌痛。

而她很快意識到讓自己喜愛的人跌痛是絕無可能的。即使她知道大江和她之間沒任何將來可談，沒任何正果好求，她仍對他的笑、他的每個顧盼有呼必應。寬敞的院子，不知怎的忽然有了許多狹路相逢的機遇；總是那樣，走著走著，猛地擡頭，他已站在了面前。倆人這時就一笑：對不起，不是故意的。奇大的一個院子，奇大的一個家庭，會都消逝了似的，就留一條路，怎麼走怎麼迎面遇上他。她不承認她在尋覓他，跟隨他，相反，她認爲是他在處處埋伏，在等她。

「你怎麼知道我在這兒？」這時她與他又臉對臉了，他問她，像她一樣愉快而不安。

她搖搖頭。她怎麼想得到他會出現在四星房裏。四星住院，偶爾需要東西，總是她取了送去。她說他唬人一大跳。他笑道人就這樣，找什麼眞找著了倒會唬一大跳。她想反駁，你有那麼偉大，總是我在找你？你那樣子才像安了心打我的埋伏呢。她沒這樣說。像兩人初識時那樣逗嘴耍賴，她想也不敢想了。

「噢，你搬到這屋住啦？」她問，一面從衣櫃裏找出衣物：「打春了，四星要些薄衣裳。」

他解釋這屋最靠邊角，不僅清靜也頗舒服，寫東西效率高些。

家裏人都知道他在寫畢業論文，爲寫它而住在家留在北京。還有，兆兆也是他住下的理由。

由。現在若有人叫：「大江，電話！」再聽不見他罵著下樓：「媽的誰呀？」

「要是有地方住，我才不住這兒呢。」他對霜降說。

「你不喜歡住家裏？」霜降麻利地疊摞好衣服，一副忙著要離開的樣子。

「你跟我談一會話不行嗎？來，坐下，待一會兒。」他自己先坐下，指指旁邊的沙發：「你以爲我跟這家裏的人挺像？我跟他們根本不是一種人！」

她看著他，同時坐下去。你當然不同於他們，不然我怎麼會喜歡你。原來她以爲自己絕不會在他身邊坐下的。

「你看得出我們不同，對吧？」

霜降點點頭，臉在慢慢地笑。

「看出什麼不同呢？」

她說：「他們下午起床，你早晨起床。」

她以爲他會看出她在存心氣他，至少也在逗他。他卻說：「你看得很對。他們偶爾也可以早起床，但每天早起床就要意志了。他們沒有意志。我有。沒有意志的人生活給他什麼，他只能要什麼，要了什麼，就趕快享受它，不然明天可能就沒了。因此他們只能要這個家，享受這個家。要是他們沒有降生在將軍家庭，而是最窮最苦的人家，他們也只能要那樣的家，忍受那樣的家。他們沒力量改變被給予的那份生活，力量產生於意志。老爺子一死，他們就什麼也沒了。我不一樣，我身上如果有勝於別人的東西，絕不是老爺子給的！」

他跟什麼賭著氣。霜降站起來，說她眞得走了。他看著她，吭一聲笑了。

「你怎麼對這些破事兒這麼有興趣？什麼帶帶小孩，洗洗衣裳。你也一樣的——給你怎樣一份生活你都接受？」他的笑告訴她：他惋惜她更嫌棄她。

這時她突然看見沙發前的茶几上放了一大摞舊書，全是各種補習課本。那意思是：他本想把它們給她的，卻提前發現了自己的徒勞。

直到初夏，四星要出院的前一天，霜降才又見到大江。他正在打電話，坐在門廳裏，兩隻腳擱在放電話的高几上，差不多堵了路。她知道只要他不想見她時，那些不期而遇就統統沒有了。倒不時聽到兆兆的嗓音，知道她來了，走了，或住下了。

霜降見大江穿一身睡衣，幾絡頭髮豎著。已是上午十點多了。她知道只要他早晨放棄長跑，一定是兆兆頭晚上沒走。

她不想驚動他，想從他背後蹭過去。

「……你一大早跑了，我一直在跟你說對不起……」他感覺有人，站起身讓路。偶爾瞥見霜降，點頭笑了一下。從那笑中霜降回看到他這麼多天的委曲。那笑似乎還告訴她：我想過你，找過你。

他找過她，那麼一定是她躲開了那些可能迎面撞上他的狹路。她想他；避開他是爲了更多更專注地想他。她也點頭笑了一下。

傍晚大江問霜降肯不肯去和他看場電影。她馬上明白他早上是和兆兆通電話。兆兆昨晚來了，沒走，今一早嘔著什麼氣跑了。

「這張票是給她買的。」大江說，神情坦蕩蕩的：「她不去了。」

「爲什麼？」

「噢，爲的多了！」他笑笑，不太以爲然，也有些不耐煩。「你去嘛？不去我把兩張票都給人。正好晚上看看書，這麼多天屁正事都沒幹。」

她問一句：什麼電影？趁他簡單介紹電影時，她考慮去不去。如果他繪聲繪色，那麼他極其希望她去，不惜拿情節誘惑她去；若他只給個客觀的解說，證明他的確無所謂。結果他繪聲繪色。他眼裏有渴望。

霜降叫他等等，她去換衣服。她還想再遲疑一陣，把自己塡空缺的處境看得再清些。天平那一頭突然空掉，這一頭猛地墜地，他被摔痛了。他此時急需一個份量，把那頭墜下，把這頭昇起，扳回平衡。霜降正是這個應急的重物。她已編好藉口：孩子不舒服或孩子晚上沒她講故事不睡，但大江見她先開了口：「好啦？」他眼裏有對她衣著、形象的讚美。

她一下覺得所有藉口都太藉口了。

電影是值得一看的。儘管大江睡了大半場覺。多虧了大江，她能看上這樣好的電影。她竭力把事情往表層想：她霜降也跟其他小保姆一樣，喜歡沾淮海、東旗或大江的光，混個好電影看。她們那樣傻呼呼的優越感她也能有：咳，我跟大江去看了個特別好看的電影！誰也不會疑心她對大江有什麼，更不會想到大江有什麼對她。放著個門當戶對的兆兆，大江對一個小保姆會有什麼呢？

出了復興門，馬路上的人少了。大江慢下自行車等霜降趕半步上來。而霜降卻始終維持著半步的落後。

「快到了。」大江說。「拐彎就是營門。」

「幾點了？」霜降問。

「你餓不餓？」他開始往路中間騎：「穿過馬路不遠，咱們在那兒找個吃東西的地方？」霜降搖頭，他笑笑：「我餓了。」

霜降又問：「幾點了？」

「你管它幾點了！怕什麼？大不了不幹這個小保姆！二十郎吊歲，不幹這種鬼差使，你差什麼啦？要是你眞愛幹小保姆，不在程家還有王家李家張家。」他把車停在朝鮮冷麵店門口。

霜降跟他進去。大部分桌上都坐著一男一女。坐下之後大江開始談電影，不僅情節，細節他也不拉掉。霜降納悶：你不是睡著了嗎？

他說：「這電影我看過兩遍了。兆兆沒看過。」他似乎突然語塞。

霜降想，他現在明白他需要的只是個塡補空缺的東西。她還想，話千萬不能停在這裏，停長了她不會再有力氣塞在這個空缺上。

他緩慢地擡起眼睛，不是一向神氣活現的那對眼：「你想我是拿你塡那個座位的；別人造成的寂寞拿你來解？不是。本來就不是爲我自己買的電影票，她不去，我也不必再看一次，這兩張票大可以送人情了。我頭一個就想到你。記得我第一次見你嗎？我約你出去，那時就想到把你帶到院子外面去。程家大院是個醬缸，在裏面的人想不被醬著都不可能。你看你，也被醬焉了，你本來有個挺銳的脾氣。」他笑了，有點酸楚的樣子。

對他這些話能搭什麼茬兒？只能也笑笑。是眞的有點酸楚。最早使她意識到他們之間尊卑懸殊的不正是你大江嗎？你幾乎直言告訴我你嫌棄我。從那時我明白你我是天與壤，無論我在心裏多喜愛一個像你這樣的男人，只能永遠屬於心裏。我沒權力被人喜歡，只能被人捏捏碰碰，解個悶，或塡塡空缺。

她沒說這些。現在她心痛時也可以笑得很好。再說幹嘛心痛呢？出來和他看看電影，坐坐小館兒應該是挺開心的事。他那樣看你，就讓他看吧。調情有多種方式：淮海往你身上捏，將他手輕輕打回去，就回答了他的調情。大江看，你看回去，也是有來有往，不乏調情意味。她卻不能够，假如她把她與大江的關係處理成調情，她就再不可能默默享受她對他無望、因無望而純粹的愛。她這時意識到：這種無望的愛是她的快樂。因爲無望，她便不必期待回報，也不必費神費力去索取回報，更不必因索不來回報而不滿。無望也使她從不妒嫉兆兆。她不願見大江，不願大江對她有任何超越調情的情感表白，就是爲避免那無望升格爲有望。人一旦有望就變得不易滿足，有碗裏的想鍋裏的，並如履薄冰，生怕一腳踩空，墜進失望。而失望能加害於本來就無望的人嗎？當然不能。

大江在她想這些時講起自己的所謂自我設計：要做個科學家式的軍事家；要改變這支沒文化因而愚蠢的軍隊素質；要寫現代兵書；要向人們證實他今後的成功與他的草鞋權貴家庭毫無關係。他本人決不是個「綠衣巷衙內」。兀突地，他提起兆兆。

「她很聰明。是個難得的認眞的女人。」他眼睛略向上翻，想還有什麼詞去形容他對女朋友的滿意。「她好學，不俗氣。對了，她的字寫得特漂亮！」他再次擡起眼，像是讚美詞多得他無所適從了。

霜降誠心誠意分享他的滿足和幸運感。

他很輕地舒口氣，說：「問題是我不喜歡她，就像她不喜歡我一樣。」

霜降警覺起來。

「我倆在一起，只因爲我明白她合標準，她也明白，我具備做她丈夫的條件。標準和條件都有，就是喜歡沒有。更別說愛。所以我們在一塊很累，太人爲地想培養那個喜歡。」

「你們什麼時候結婚呢？」霜降被自己這句橫著出來的話唬一跳。話問得多鄉裏鄉氣，缺斯文。既問了，她只得作無心無肺的樣子擠擠眼。

「我畢業論文寫完以後再看。可能十月，」他說，「那時我的部隊實習也結束了。」

霜降感覺一腳踩空了。冰裂了，冰下面是無底的失望。什麼時候她竟走上了希望的薄冰？是他引她走上來的。

她說這冷麵眞辣，他問：你辣出眼淚來啦？他掏出疊得四方見棱的白手絹，問她要不要。她要了。突然想到兆兆也要過這樣的手絹。

一陣幾乎是幸福的怨恨：我本來安安份份，你這是要把我往哪兒引？給還手絹，她站起，說這回眞的該回去了。

大江不動。兩人一站一坐地沉默。店裏所有的一男一女都在甜的沉默中。「喂，你什麼時候走呢？」大江兀突地問。

「到哪兒？」

「我給你找的那些補習課本不見了。」他停頓，觀察她，「你把它們拿走了。考得不錯。什麼時間離開我家去當大學生呢？」他焉笑了。

她看著他。你暗中一直在關注我，正像我暗中始終期待你關注。兩人走過窄門時，霜降覺出自己肩上有了一隻手。她扭頭去看他臉，希望他這回能告訴她那手意味什麼。她看到的臉是微仰的，有心事的，似乎守著太多心事他完全不管自己的手去了哪裏。

「咳，霜降！」誰在叫。一個坐在門口桌邊的男人站起來，看看霜降，馬上又去看大江。這男人頭髮燙過，長久不洗因而結成縷縷。

「是你呀！」霜降認出了那個把她領進程家院的小趙。她同時感覺大江扣住她肩的手沒了。

「我復員啦！在販甲魚！好掙！要不是你上次賣那東西提醒我，我還眞不知那東西會在北京城主貴！我見你大了……」

「我大收著我寄回去的皮褲子了吧？」霜降感覺到大江的厭煩，卻仍忍不住將家裏、村子裏這個那個問個遍。

「他……是大江吧?」小趙問她，然後笑出一個完全不同的笑向大江，身子快速一矮，又一高，出來個滑稽的禮節。大江伸出手去握，叫著「小趙哇!怎麼樣啊?!」霜降吃驚:眼前的完全是個年輕程司令。她憶起四星說的，某一刹那父親會附著於他，控制他的行動。她沒想到那神秘的控制也會出現在大江身上，無論他怎樣自認爲他與父親不同。

在這點上四星竟多些自知。

大概由於小趙打量他倆時目光的狡諭，大江不舒服了，往下騎的一段路，他不發一語。或許他還突然看到一種背景:窮僻粗陋鄉村中的一座農舍，捧大碗喝粥的兒女們管父親叫「大」，霜降就屬於那裏。

八

早晨霜降仍採了拍樹葉回來，她知道它們第二天一定會被扔進垃圾桶。程司令早飯後總是大聲問:「今天有沒有弄些柏樹葉回來啊?」一人答有，他才沒話。幾年前他得了治孩兒媽病的偏方，從此監促人採柏樹葉。好在他從不去張望垃圾筒。

孩兒媽拒絕被治癒。似乎生病使她空洞的生活添了一大內容。

又到了竹躺椅出沒的季節。中午前頂靜，等於別家的午夜。霜降送了孩子，洗好晾畢衣服，就有一會消閒看看書。程司令一般早上不叫她，早上他要讀報、剪報，（凡是他認為重要的文章他都剪下貼到一冊巨大的簿子裏，所以報紙經了他的手剩不下什麼整塊文章供其他人讀了。）他也在早上乘車出門，都說他去辦公，卻不知還有什麼公需要他衣冠楚楚、身後跟著小跑的警衛員去辦。

霜降見東旗的大貓在盤一隻毛線球，趕緊唬走它。毛線已在花壇上纏成網，費大勁才解開。順毛線走，霜降看見了線那端的孩兒媽。她的竹躺椅擱在櫻桃樹下的蔭涼中。櫻桃摘過了，葉子碩大起來，綠得油膩。樹中有風，綠色漫了孩兒媽一身一臉。

霜降見她兩手把著毛衣針，並沒有一絲動作。毛衣織出有一呎了，她停下似乎忘了她在織給誰；她有眾多的兒女，誰更需要它？據說孩兒媽向來對疼愛孩子是極謹慎的。自從程司令向那秘書開了槍，她從不敢讓自已對任何一個孩子有偏倚，那偏倚會馬上引起程司令的懷疑。發現四星喝的是牛奶，而其他孩子則喝豆漿，他找來孩兒媽問：「他憑什麼特別？」

她答：他比其他孩子弱。

他問：他爲什麼比其他孩子弱？一圈的崽子，吃一樣的食，偏偏他弱？

她見他目光越來越黯忙說：他生下來就弱！先天弱，後天也弱。

他慢慢點頭：噢，就那麼不像我。小尖下頦，眼老淚汪汪，從小就一副勾引別人老婆的相？

她忽然明白他指什麼。天打五雷轟——他不像你像誰?!她哭著賭咒。

我哪裏知道他像誰？他冷笑，你要不知道誰會知道？你不知道你幹啥偏袒他，讓他吃偏食？

從此孩兒媽明白她對那個小孩個別的疼愛就是給那孩子招災禍。她必須對所有孩子都保持一副溫乎乎的表情，吃飯時不督促任何孩子多吃，隨他們偏食刁嘴。對誰的功課都不問津。好的不能賞，被她賞了很可能要遭父親的罰；壞的亦罰不得，父親會賞他，然後他或許會仗了勢壞下去。兩個孩子打架，她從不拉，一拉必明白其中誰得道誰失道，萬一露出褒貶，她和孩子們又不得安生一陣。連編織毛衣也不能過早露出意向。孩子問：媽你給誰織啊？她若答給誰，誰就得讓父親橫著豎看，誰也經不住那樣看，看久了總看出蹊蹺，疑惑，甚至惡感。她總說：瞎織織，看誰穿了合適吧。她隨後會叫所有人來試毛衣，最後總有人合適它。實際她就是比著他尺碼織的，但尺碼永遠只能在她心裏。

孩兒媽沒意識到立在近處的霜降。也許她在廻避意識。霜降想，她現在心裏有誰的尺碼呢？川南的？川南終於向人宣布，她要和最後這個男朋友結婚了。她領男朋友回來，頭一個問淮海：「你看他像誰？」

淮海說：「我看他挺像個男的！」

川南半天才反應過來，當著牌桌上所有人說：「上床比比，看他比不比你像男的！」接著她說：「你得跟老婆搬出去，我得在你房裏結婚——你外面有房，打著程司令名義詐到的四十坪米房！……」

淮海叼著煙摸著牌：「那是我的工作室！」

「我饒了你不揭發你個臭流氓在裏面搞什麼鬼！……」川南道。

「哪有什麼鬼？不就搞搞女人嘛？外國的大導演誰不搞女人？」

「大夥聽見了吧？」川南轉向眾牌友：「你要敢不讓房給我，我就告訴你老婆！」

「我搞女人我老婆才高興，不然她怎麼知道程淮海女人一大堆，老婆只討她一個？搞女人越多，我老婆越得意：我是東宮娘娘！」

當時川南礙著牌癮沒認眞吵，不久人見她抱了被子褥子進了淮海家。那天淮海不在，他老婆一人堵門。

「你還不讓開，等我拿張紙給你捏一邊去！」川南說。

淮海老婆綿性子，不緊不慢說：「我要是你就不結婚了。老都老了，銹都銹住了！」

等人叫了程司令來，兩個女人已在地上了。兩人都淒號：「爸——爸！」

東旗趿著鞋走到氣得一竄一竄都講不出話來的父親身邊，說：「爸，讓兩隻母貓咬去吧，她們咬完晚上接著打牌，您老這兒又血壓高又心率不齊，何苦？」

地下的兩個仍哭著叫「爸！」程司令甩開東旗挽扶他的胳膊：「我不是你們爸！你們不用叫我爸！我怎麼養出你們這些兒女！……」他打跌地走開，一邊喚：「我的洪湖喲！」洪湖是他出國的大兒子。程司令也喚過大江、東旗，甚至四星，只要他們不在他身邊。誰離他遠誰就在他心目中變得完美；誰就會在這種時候被他喚著想念著，與他身邊這些不肖的做對比。

程司令指著孩兒媽說：「看看你生的這些東西！」

孩兒媽聽到這話竟有幾分得意：現在你認出他們是你的種了吧？要橫動粗時他們個個都是你！沒有你，我哪有本事生出這種東西！

最後的協議是東旗讓出她與川南合住的臥室，她住學校去，父親每月給她一筆錢做補償。東旗是頭一個搬出程家院的兒女，除卻嫁出去和調到外地的那些。

孩兒媽也許是不忍東旗分出去住，這件毛衣是織給這小女兒的。據說孩兒媽曾經把東旗打扮得很怪：齊眉劉海的童花頭，毛線小外套下一件小旗袍。東旗發現母親通過她再現她自己的童年，而那個幸運童年注定連著不幸的青年、中年和晚年，她忿怒了。她從此要按自己的喜好買衣服，留頭髮，竭力避免去重複母親。她與那美國男朋友決定要私奔那天，她戴了條淡灰的長圍脖。私奔失敗，她無意發現母親房間的牆上有張照片，上面一個圍長圍脖的少女跟她一模一樣，那是年輕時的母親。東旗對人說過她恨母親。爲什麼？她卻沒說。也許因爲母親用女兒複製自己時製出許多個一模一樣的失敗，包括失敗的私奔：她們都沒有從同一個男人的控制下逃掉。

並且東旗也從內質中無法逃脫母親的複製；無論她怎樣好鬥、挑衅，最終她總是讓步。婚前她向父親讓步，嫁了父親中意的女婿。婚後她向丈夫讓步，回到娘家，讓丈夫去愛他始終在暗中戀的女人。嫌社會太鬧，她隱居在家；又是家裏煩了，她隱居到學校。雖然她不斷和人鬥嘴，但眞有是非她總是披衣趿鞋在局外蹓達。她的披衣趿鞋和孩兒媽雖然在風格上有區別，本質卻一模一樣。本質是她們那徹底灰心後的快樂。

霜降將毛線球纏繞整齊，一邊摘掉線上的草葉。這樣也沒驚動孩兒媽。她像是有形無神了。她還有無形有神的時候。那晚上霜降與大江相跟著進院子，輕手輕腳鎖車時，發現孩兒媽從花壇邊走過。見他倆，她唬一跳似的站住了，意外極了的樣子。而霜降卻不知從哪兒得到的感覺：她一點也不意外，她伺候和窺測著他們、人們。

「噢！搗蛋貓！……」霜降將毛線球遞還給她，她對霜降笑，神志卻根本沒參予這笑。

半年前霜降向孫管理提出辭職，還沒等回答覆，四星的事發了。在四星自殺的理由沒弄清之前，院裏勤雜人員不能動，孫管理對霜降這樣說，誰的話？孩兒媽的。孩兒媽一向有神無形地干涉院裏的事。

「聽說你決定不走了？」孩兒媽問霜降，未等答她綴一句：「留下好啊。」她這時笑得神形合一了。

霜降想說：我哪裏講過我想留下。但她知道她已被決定留下了。這院子的人進或出、走或留都是被決定的。

「他現在需要人照顧。」孩兒媽說。

他，當然是四星。出院後的四星話少覺多，享受了一個多月的自由，主動廻避家庭晚餐。經常地，還是霜降將飯端上樓。飯後他總是散散步，有時也去看人打打麻將。牌桌上有人向他借錢，他也借得不罵罵咧咧。總之他變得很溫和、寧靜。或許唯有霜降感到他的溫和寧靜恰恰像一場絕症的潛伏期。

「他出院以後簡直換了個人一樣，那麼……那麼……」她舉起手中的半截子毛衣端詳大小，又似乎借它的顏色形容四星——那麼柔和，那麼似是而非莫名其妙。

它是織給四星的嗎？那麼她對四星是有偏愛的？因爲她最初的偏愛招致丈夫對四星的虐待，又因爲丈夫的虐待，她補過一般更偏愛得多些，更蹑手蹑足些。這樣，四星如今就成了這個逆循環的惡果。

霜降忙說這毛衣顏色眞好。

「嗯，男的女的都能穿這顏色！」孩兒媽像是心裏有了靶子。那靶子會是兆兆嗎？大江到部隊實習的前一陣，兆兆來得很勤，常聽她孩子氣的嗓門：「大江，打會球吧?!」「大江，我騎摩托你坐後面，怎麼樣？」「大江，你幫我把那猫逮住！非治它不可，它搔我臉！」兆兆和大江打羽毛球時，會圍許多人觀看，有時連孩兒媽也悄悄挪近，眼高高低低地隨著兆兆起落。兆兆總是一身短褲短衣，腰裏繫一件羊毛衫。有小阿姨問：「兆兆你幹嘛不把毛衣穿上？那樣能暖和嗎？」

兆兆沒有回答。後來人們發現她總是把不同顏色式樣的羊毛衫繫成不同風格，才明白那樣繫便是矯健瀟灑，是種裝飾。不久小阿姨們打球身上都繫件羊毛衫。

很快就見孩兒媽織這件毛衣了。

接過霜降遞過的毛線球，她輕說聲「謝謝」。意思像打發霜降走開，卻在霜降欲離去時說：「大江走是你去送的，對吧？」

「對呀。」那是個清早，大江叫住剛起床站在院裏梳頭的霜降，問她能不能幫他把行李用自行車馱到汽車站，再把車騎回來。大江一向不調遣父親的司機和警衛員。

霜降邊回答邊觀察孩兒媽的臉。這臉上你休想看出她心在怎樣琢磨你。

「大江這孩子從小就和傭人們處得來。過去有個老傭人的兒子到現在還跟他通信！」她慢慢開始編織：「兆兆那姑娘事業心很強，這一陣說是開始給主刀醫生當副手了。不然大江走她會來送的。」

何必又是傭人又是兆兆地提醒我？難道大江會做那麼糊塗的事，為我去得罪兆兆？難道我有那麼高的心去奪兆兆位置？儘管那個清早大江頭一次吐口說他喜歡我。

在聽孩兒媽聊大江怎樣與其他程家兒女不同，兆兆怎樣出色，人們怎樣認為他倆天生地造地般配，霜降隨口符合著，心裏卻油然生出一股對大江的怨。怨那個清晨的他。

那早晨他說人不能選擇父母，要是能選擇，事情怎會那麼複雜。他的話漸漸亂起來，說他對女人的愛部分取決於那女人愛他的程度；他只愛愛他的女人。要是愛他的女人恰巧美麗可愛，他就不再管得住自己。「我不是在說兆兆。首先她不美，其次她驕傲得愛不起別人來。」

霜降手用力托住自行車貨架上的行李，氣也不敢出，眼看自己那份樂天知命、安份守己的無望再次被帶到希望的薄冰上。

「我知道你喜歡我。」他說，眼神和聲調都那麼鄭重，如此鄭重地耍無賴，把起因後果都歸於了她。

她知道她不該問起兆兆，結果還是問了：「你和兆兆吹啦？」

「沒有。」

她完全不懂這局面了。

看出她不懂，他說：「我希望我和你一樣，有個普通的家庭，勞苦的父母。然後我奮鬥。我奮鬥出的東西都是我的，誰敢說它們歸我父親？我要人知道無論我程大江的父親是幹什麼的；無論有沒有父親，我都有不變的價值。女人也一樣，她的價值擺在那兒，那價值什麼父母都給不了。」

到汽車站了，霜降說她得回去叫孩子們起床，弄早飯給他們吃，然後送他們上學。她用這些提醒他她是做什麼的。兆兆呢？每天被保姆叫起床，吃保姆弄成的早飯，被父親的轎車送去上班，白大褂飄飄的，人跟在白大褂後面叫「趙大夫」。也許這對比起作用了，大江將行李拎下車架時對她說：

「喜歡我是很不現實的。」他伸出手去和她握：「就像我喜歡你一樣不現實。好吧，再見。」他跨上汽車，扭頭對她笑一下。是那樣笑的：眼裏有遺憾，嘴的一邊老高地翹著。似乎看透了她，只要他要，她就會給；她給時，就會忘掉她被輕視甚至被欺凌的處境；她給，是不求結論的。

現在霜降想，僅那笑，也足以使他對她的喜歡成爲完全靠不住的東西。

這個家的子女都會那樣笑。假若有那麼一天，有那麼一個單薄秀氣的男孩（傳說中是那樣個男孩）出現在這院裏，膽怯地羞怯地管孩兒媽叫「媽」，霜降會馬上知道他是誰。他是一段不體面但眞誠的感情的孩子。那多麼好，霜降想，他一定不會這樣笑。院裏不會有人理睬他，包括孩兒媽。霜降會理睬他的，她寧可跟他一塊走出這院子，這院子裏的人個個會斜著一隻嘴角笑。

那個不會斜著一隻嘴角笑的男孩在哪兒？眞像人們傳說的那樣，被娩出孩兒媽的母體不久就死了嗎？……

霜降從神形再次分離的孩兒媽身邊走開。假如她霜降注定屬於程家院的一個男性，她該屬於他。唯有他不會拿那斜一隻嘴角的笑來欺凌她，輕慢她。

九

淮海老婆出國後，李子半公開地跟他同居了。小保姆們吵架時常相互揭短：你不要臉，讓淮海摸熟了捏爛了！你要臉，你挺上去脫光了也沒人摸你！李子的事就這麼吵出來的。吵到程司令那兒，程司令叫了淮海去他書房，父子倆聲高聲低，全院子都屏住氣聽。

「……肚子搞大，你要掛我的名去給她找醫院，我下了你的大胯！」

「肚子大了總得找醫院……」

「攆出去！你不攆她，我叫人捲你的舖蓋！你在外頭欠過女人啊？你那個男盜女娼的電視臺裏多少女人？你一個個往家拖，我都沒管過！兔子都不吃窩邊草，你偏偏在家裏不得閒。告訴你，畜生！第一我沒錢給你，第二，公安局找你麻煩，我不認得你！」……

李子並不怕解僱，她梗梗脖子站在院子當中說：「攆我走？淮海，我不是你那糖稀老婆！只要你敢殺，就殺了我，不殺，我肚裏故事多了！老實說，我也是人玩剩了給你的。誰玩的你別問，問詫著！哼，別想把我也當那個女瘋子處理，我認識的小保姆老保姆多了，這邊你們滅我口，那邊中央常委就曉得一五一十！天下不都姓程！……」院裏除了孩兒媽還在她的竹躺椅上撲搭扇子，幾乎全都緊在花壇前，李子則站在花壇上，像當年學潮女學生做演講。有人說：快去叫孫管理！

「孫拐子來正好，姑奶奶曉得他身上有幾顆痦子！說錯了，捉我進大牢！我倒要看看這些揩淨油的男人有多大底氣攆我走！……」說著，她朝程司令書房毒毒瞟一眼。

這回連川南都只敲邊鼓一樣罵一陣，沒上去格鬥，一方面她自己有身孕，另一方面她也聽出李子的話不是虛張聲勢。

幾天後李子仍是被解僱了。川南拿了根擀麵杖跑到女傭居室，砸碎李子所有的瓷器與玻璃，邊罵：「小婊子，讓她告程家的狀去！看她告得倒誰！看她手眼通天！叫她告！告陰的！告刁的！」

屋裏砸到屋外，砸到後來也忘了屋是程家的屋，她把窗玻璃也捅碎了。孫管理拐搭著腿跑來又拉又勸，程司令和孩兒媽卻不見影。

晚上淮海從外面回來，嘴裏哼著歌，見院子靜了，只川南一個執著擀麵杖來回踱，稀罕了，問：「川南，又抽什麼風？」

「幫你教育你那小蹄子！」

「有你什麼鳥事？回去和你爺兒們好好練練床上的，別每天鬧出那麼大動靜，讓別人聽了也不知你倆誰虐待誰！……」

「臭不要臉的！……」川南端著木杖就去追淮海，淮海趕緊進屋栓了門。川南杵一杖罵一句：警察正操著你的心呢！過了初一你過不了十五，不是看老爺子的情面，你個歹徒花賊早下大獄了——你以爲你那就是玩玩女人？你那是淫亂團伙！你罪還輕了你？看黃色綠相都嫌勁兒小，非看活人表演！還叫什麼「觀戰」！臭流氓你敢說不是？你敢出來搧你姑奶奶說她造謠？說呀！敢說你們那些狗男女沒在一塊配種雜交，跟牲口一樣交給人看?!……

淮海在裏面把搖滾樂開得整座樓一蹦一蹦的。將軍終於出面了。

「川南，你給我馬上滾回屋子！」

「淮海造的孽您……」

「馬上給我滾回去！」他轉向其他人，「都回屋子！徹底地無聊！完全地墮落！飽食終日，不幹好事的下流胚！……」罵得院子肅穆井然，他才歇口回自己臥室。他不知道這院子照樣在十點半之後活轉來，照樣有紅男綠女造訪，照樣無聊地快活，川南淮海照樣誰也離不開誰地坐到牌桌上。

這夜女傭們的居室也斗膽不熄燈。所有小保姆都從自己主人家冰箱拿點什麼，各自燒炒出來湊一桌席。平常日子她們也間或開開這類夜宴，但向來都只敢吃「陽春麵」，最多甩些蛋花進去，還是幫廚房搬鷄蛋時故意打碎，再從厨子那兒求來。她們之間雖然有仇有怨，永遠有你死我活地爭打，但程家人只要發她們中任何一個人的難，她們立刻姐妹起來，手足起來，就像前些年的政治術語：階級矛盾替代了人民內部矛盾。

酒也是湊的，所以喝一會大家便暈暈地高興了。李子臉水腫一樣紅得透明，挺幸福地講起十年前她怎樣被程淮海糟蹋。

「告他啊！」

「告啦，」李子半點潑都沒了，衰弱而溫情地笑笑說：「告到誰那裏，誰就同情我，同情得也往我身上下爪子。後來自己也不乾淨了，告狀的勁頭也沒了。」嘴還笑著，兩顆眼淚卻流出來。於是大家又暈暈地感傷了。

哭乾淨，大家互相關照：吃，吃啊。有人把川南白天罵出來的「觀戰」拿來問李子，說那些話聽了像懂像不懂的。

李子嘴一嘖：「怎麼會難懂呢？就那樣男女混著抽簽，抽到一塊的一對就在人當中做那事，剩下的就圍在邊上看嘛！那些男人帶的都不是自己老婆。」

小保姆直說：「活畜生！」又直問李子是「觀」了還是「被觀」了。

「我有那麼猪啊?!」李子說：「淮海帶我去過一回，去的時候已晚了，他拽我到人圈裏，乍看到床上明晃晃兩個身子，唬得眼都黑了，半天沒搞清那是什麼!……」

「都是些什麼男人女人?」

「女人哪來的都有，男人都是淮海這種高幹崽子。一說這個的爹是誰，那個的岳丈是誰，我就像聽中央委員會名單一樣。電視上報紙上都是這些人的老子丈人接見外賓，走紅地毯，個個都那麼周正，你哪裏想得到他們的兒子姑爺們在一塊就做這些事?恐怕哪家都一樣，都有幾個像淮海這樣的茅坑，都要捂著蓋著。我哪裏告得贏?有人掏程家的茅坑，程家也會掏回去；怕被人掏就不掏別人。」

李子微微幌頸子，浪浪地笑著。她的十根白淨的、肉團團的手指上戴著各種假寶石。她將它們略一伸展，瞇眼把它們一打量，馬上又縮回它們去。似乎她沒想到它們會是這副樣子：這麼艷麗青春卻不尊貴。

她意識到霜降在看她的手，她馬上看回去，眼睛有點惱。有人打哈欠，李子順勢說：睡嘍睡嘍，明一早要回人間嘍。

霜降這時拿出一條絲巾，給李子，說處得都跟姐妹一樣，留個念頭想頭吧。其他人懊惱遺憾：怎麼就霜降一人想到了。

李子接過絲巾正反看看，說這麼貴的東西啊霜降，你現在是不一樣啊！……她笑，笑出一種腔來。霜降從頭上拆下辮子，發現李子要說的遠不止那兩句。

「你是半個程家少奶奶呀霜降！今晚眞不容易，也從程四星那兒抽出身跟咱們姐妹姐妹！……」李子想找呼應，扭頭四下笑道：「對吧？」人都跟她一樣笑得賴，卻不應她。

霜降想，眞較上，李子一副唇舌不見得利過她，她霜降也是田埂上麥場上學過野的。但她打算能讓李子多少就多少，不去傻吵，吵會把兩人體面都傷完。李子橫竪早沒了體面，顏面也極老；她已和顏悅色承認自己不乾淨，與人勾搭做人姘婦，她已把全部要害露給你，她反而沒要害了。沒要害的人才笑得出這種刀槍不入的笑。

再過些年，霜降也會笑出這種笑。多年前的李子也是碰碰就羞，爲自己最大膽的虛構和最傻的念頭幸福和痛苦過的，也等過灰姑娘式的奇蹟發生。她不及霜降美和聰慧，這反而使她早早覺醒，讓自己放明白了。於是她學會了另一種愉快，一種基於自暴自棄的愉快。霜降對著李子的笑臉怕似的閃了幾閃眼皮。

「好了，不逗你啦，」李子寬寬嗓音，「好好讀你那些復習課本，說不定眞考上什麼學校，跟四星重新擺擺位置呢！四星有錢，供得起個女學生——管他疤不疤，只要有『歐米嘎』！」她笑得很響，像把一切不順心都發出來了。

小女傭們也跟著笑，笑得那麼狠，每個人都明白自己在笑什麼；每個人都有深隱的一塊癡心值得她去狠狠地笑。霜降明白她有一天也會和她們一塊笑，望著自己寶貝過的一個夢想，像成年後笑自己兒時寶貝過的一件玩具：它多沒價值啊，卻曾經讓我秘密地快樂過。她們認為霜降的夢想是四星。她們笑霜降給兩個孩子讀故事書時的認真，以及她與兩個孩子之間那份似似乎乎的感情。有回霜降哭，小保姆們問怎麼了，她說都都跟淮海的孩子打架，拉架時她竟挨了都都一腳。

「找他到大人看不見的地方，你踢他十腳！他告狀也不怕，沒人看見你可以賴乾淨！」她們攛掇霜降。

霜降唬著一樣連說那怎麼行，她忍不下心的。

「你待他好，指望他有天叫你媽呀？姓程的一代比一代壞，他們長大，肯定比他們的爹更禍國殃民，那時你想打也打不著了！」

正說著，都都走過來，怯生生捱著霜降坐下，替霜降拍拍被他踢髒的褲腿。小保姆們跟見鬼一樣一哄而散。霜降知道她們背地會說她什麼：霜降在孩子身上下那麼大功夫，程四星也不會領情。不是傳那倆孩子不是程四星的嗎？他好不容易獲得跟他孩子天天見面的自由，也沒見他和孩子親熱過一會兒，你霜降不是瞎使勁嗎？

出院後的四星像是經歷過死——既然死能了結所有恩怨，現在再看他上輩子的人和事，常會那樣啞然一笑。看著他的孩子；管他們是不是他的，他也這樣自己跟自己無聲地笑。聽人們向他咒駡六嫂；聽人們在飯廳裏拌嘴嚼舌，或背地發父親牢騷，他統統給予這種笑，像是所有的痛苦不幸煩惱就只值得這一笑。他甚至連笑都懶得笑，主動提出回禁閉室用晚餐。霜降每晚給他送飯，擱下飯尋各種托辭儘早離開，他也這樣啞然一笑。他這樣笑，霜降反而不急於走了，似乎某種好奇心使她越來越長地陪他，想看透他究竟爲什麼這樣笑。他這樣笑是不妙的，她意識到。他像是從自己不成功的自盡中獲得一個新的生活目的，他滿心在籌劃去實現它，因而對周圍人無目的或目的太舊的生活只能報以這樣的一笑。霜降想弄清的，正是這個目的。

她留神到他吃飯看電視的習慣仍保留著，卻不再那樣不依不饒地和電視主持人爭執，不再評論任何事物。又有領導人接見外賓，簽合約；又是這個先進人物那個模範事蹟，他一律認眞恭敬地看，看完一笑。這一笑讓霜降眞的感覺到現實世界就那麼可笑。

他發現霜降在看他，便伸手摟住她肩，動作竟那樣正常，甚至有了些溫暖。接下去，他會吻霜降，沒了過去的輕浮或故做輕浮，很正常隨意地在霜降臉頰上一吻。若霜降躲，他便認眞瞪著她，她的心會爲這認眞動一下。見她也認眞成那樣，他卻又笑了。這時的笑更成了謎。

霜降被這謎一樣的笑迷住了。

「四星，你笑什麼？」她有時問。

他總裝傻：「啊？……」

「四星，你變了好多，從你住院那時你開始變的？」

「眞的？是變好還是變壞？」他把霜降的頭放在自己肩上，用自己臉頰去蹭她的頭髮。

他過去絕沒有這種動作。

「不知道。」她回答。一邊伏在他肩上，發現它不再是副人殼子。他的體嗅也變了，戒了煙，他聞上去清爽許多。那種幾乎嗅不出的體嗅甚至使她感到舒適。

每次總是他打個長哈欠，然後關掉電視。像正常的夫妻之間的對話，他問：「睡吧？」

她慌著站起身，說要走了。漸漸地，她竟有些不捨地將頭從他肩上移開。那是個成熟穩定的男性的肩，並寬厚起來，溫暖起來。

他會再次吻吻她，那種認眞和隨意使她眞實地感受到他對她的珍惜和尊重。這不正常的關係被他處理得那麼正常，簡直是個奇蹟。她不再是完全被動的，她將臉倚上去，某一回，她竟吻了回去。

她被自己吻回去的那個吻唬一大跳。

四星卻笑了，叫她出去時幫他關上走廊的燈。他把剛有的一點兒不正常馬上正常化了。

八月中旬的一天，雨下得天早早暗了。霜降站在廚房灶前楞神，想著四星的晚飯。她越來越多地在四星的一隻風味菜上花心思和時間了，這天竟想不出花樣，愁起來。

比平常稍晚，霜降抱著個大紙箱到四星屋，進門就對他宣佈：今晚她和他一塊吃；吃火鍋，她邊說邊打開紙箱，取出備得精細的料，一碟碟擺開，擺一隻碟她看四星一眼。

然後她摘下雨披。

然後四星抱了抱她有點濕的身體。他說：你頭髮上淨是水。他走過去拿了條毛巾：來。他解開霜降的頭髮，替她擦。她一下明白他是生來第一次幫人擦頭髮，告訴他：頭髮不能豎著擦，要這樣搓著擦。他就搓著擦。

霜降轉頭看他，她看見一個禿頂的，微胖的，實心實意在喜愛她的男人。她立刻問自己：你喜歡這男人嗎？自己答：不，但我喜歡被人喜歡；我得識察他有多實心實意。

霜降將四星的一隻小電鍋代替火鍋。

四星看她忙。她說你幫我調點芝蔴醬吧。他問：怎麼調？就這樣順我調的方向調，反了，它會瀉。四星的動作規矩得獃氣。霜降看著他，心裏納悶這種感人的寧靜是怎麼來的。

難道她會被他引出一種感情？它裏面沒有愛甚至也沒有喜歡嗎？

他像猜透她感覺似的，喃喃地說，第一次他找妻子他要漂亮的，第二次他還要漂亮的。

她有點緊張了，問：第二次啦？誰呀？

他慢慢說：你呀。你還不知道嗎？

我是你家小保姆，人家要醜化我倆了！

隨他們去。我不愁那個。我愁我現在在服刑，不能娶你呀。

霜降想，他話裏沒有激動、沒有熱情，最重要的是：沒有遊戲。

你願意做我妻子嗎？

等你再有七年刑期滿，你那時準不要我了。你那時又是程家少爺了！

七年？我會等七年？我那麼任人宰割？

那你怎樣？霜降聽出他話裏又有了曾經的殘忍。

我知道我該怎樣，現在還不能告訴你。他低下頭吸唆粉條，但霜降看見他又笑了。他這回眞正是對自己笑，爲自己的一樁密謀在笑。

她覺得她離他笑的謎頓時近了。告訴我，我不會告訴別人的！

他話避開：你願意嫁給我不？

我連個城市戶口都沒有。

我給你買個戶口，我有的是錢。你讀什麼書，進什麼大學，費事，買個文憑不就成了？這世道，什麼是眞的？他寬宏地嘆息一聲。

都不是眞的？

都不是。

你說你對我也不是眞的？

這樣下去有希望成眞的。小傻孩兒，什麼東西都要時間久了才知道它是不是眞的。不能一開始就認定什麼是眞的，一旦你發現它不如你想的眞，你就失望了，指控它全是假的；如果你不那麼當它眞，發現了一點眞，你就感激不盡。我和你，我今天能發現那一點眞，全歸功於我當時的不當眞。哲理到這一步的四星忽然問霜降：我芝蔴醬調得對吧？

晚飯後，四星就著一個呵欠問霜降：「在這兒睡嗎？」問得那麼自然平淡，把其中的異常和不好意思全淡光了。就成了很樸素的依戀，一種習慣上的依戀。

多天後霜降意識到四星那平淡自然卻執拗重複著的問話有著神秘的征服力。她從一開始就不覺得它刺耳和乍然，漸漸地，它的自然平淡使她忽略了它本身的意義——不在這兒睡嗎？它是這麼信賴和體己。再往後，她到了這樣個邊緣：他若再添些懇求，她一定和他一塊躺下了。他卻從不懇求。彷彿她終究屬於他，還貪什麼急什麼？

這天他終於改了種說法：不陪我一起睡嗎？霜降不動了。她在自己心裏突然發現一點貞，一定是四星曾說的那一點。原來愛和喜歡都可以沒有，只要有了這點貞就可以和一個男人睡覺了，就可以和他過起來了。

四星從衛生間出來，嘴角掛一點兒牙膏沫。他問她睡左邊還是右邊，低下頭鋪毯子時頭頂那塊禿亮亮的，坦蕩蕩地亮。他像個老丈夫了。那平淡自然使她感動得有些心酸。

她開始脫衣時有人敲門。

她馬上抓回衣服往身上套。「誰啊？」四星問。

「睡了？四星？」是孩兒媽的聲音。

「沒有。等著。」他起身朝門走。在他打開門時霜降扣好最後一顆鈕扣。

孩兒媽說她託人買了一種藥水，塗了會長頭髮。四星笑著問幹嘛非要頭髮？孩兒媽說：唉，怎麼可以沒頭髮？你爸和我都有頭髮，不是遺傳的禿就能治好。試試這藥。四星接過藥。母子就這樣一裏一外地談。最後孩兒媽說：自己不好上藥，讓霜降幫你吧。

四星嗯了一聲。

孩兒媽問：她在你屋嗎？

四星啊了一聲。不想回答的問題他現在都這樣「啊？」，像聽不懂，也像不置可否。人們說，噢，四星讓安眠藥弄遲鈍了。

孩兒媽走了。霜降明白她來做什麼。

「四星，你媽是來提醒你的。」霜降躲開四星搭在她脖子上的手，他還在維護那已奄奄一息的寧靜。「她來提醒你不要犯糊塗。你明明什麼都知道，不然你怎麼會……吃那麼多安眠藥！」

四星定住，眼睛和面部肌肉又呈出曾經的神經質。他當然被提醒了：半年前那個頭髮散落的霜降對他失口喊出：「你們程家老的少的都作賤人啊?!」……他當然被提醒：父親巨大的蔭翳籠罩著他的性命甚至他內心最隱密的一點欣慰——這個叫霜降的少女。他當然被提醒：那夜他證實霜降身體上已烙下父親的指痕，他開始積攢安眠藥。

既然一切都被瞬間提醒了，長長一段寧靜淡然便成了虛僞。

「我知道你沒錯，」過了好一陣，四星似乎恢復了正常思維：「我父親要做什麼，他就敢做什麼，我常想殺了他。我知道我殺不了他，他鎭著我，捏著我的小命兒。」他扳過霜降的臉，「要是我是自由的，你不會落在他手裏的，我可以馬上娶你，帶你走。」

霜降淡笑一下。和你走？去哪裏？去作惡？她說：我還是一個人走的好。你媽已答應我走了，等下一個接替我的小保姆一來，我就走。」

四星慢慢點頭：「你走吧。」

「我先試試考學校，這兩年我也存了些錢，供自己念書勉勉強強夠了。考不上，我就找個地方去做工。」她沉著地說。

「去吧。」他抱緊自己，彷彿沒指望抱她也沒必要抱她了。「我們這種家庭可怕，都是瘋子，連倫理天條都沒有的。還好，還好——我總算沒有……欺負你。我沒有太惡劣，對吧？你走你自己的路去吧，小鄉下妞兒。」他苦極了地笑一下，輕極了地摸摸她頭髮，眼裏有淚了。

過很久，他問：「他有沒有……」

沒有。她回答。她明白他不敢問下去的話是什麼。她看著驀然遇救脫險般的四星，心想，事情反正一樣。程度不一樣，性質是一樣的。她心地的乾淨反正是沒了，靈與肉的乾淨反正是沒了。她仍然按照吩咐去那間書房，仍在他欺負她時朝他笑，這笑是最不乾淨的。

「你聽著，我會帶你走。我會去找你，隨你去哪兒。從你第一次跑進我屋，我就想：你才是我的轉機，不然怎麼會那麼突然就出現了。什麼都不是無緣無故的，一年前那個夜裏，你絕不是無緣無故出現在這兒。在醫院的三個月，我躺在那兒想透了緣故這兩字。」

霜降從四星屋裏出來，走到院裏，孩兒媽仍躺在她的竹椅上。霜降突然來了種奇想：她從不是對這院裏人的生活側目而視，她在安排著什麼。由於她諳熟人性，暗暗順一條條人性理下去。不正是她第一次傳話叫霜降去將軍書房的嗎？不正是她調遣霜降給四星送飯的嗎？不正是她半年前不准霜降辭職而突然又同意得那樣爽快？她似乎在玩環形的多米諾骨牌式的報復：兒子報復老子，女人報復男人，長輩報復晚輩。

她或許不是誠心這樣玩。

她像個女巫，在下意識地玩中她不向著誰。

然而她玩的結果是倫理報復了道德，喜劇報復了悲劇，寃孽報復了寃孽。

十

九月初的一天，霜降接到一個電話，是個男人的聲音，說有人託他帶信給她，讓她到營門口接應。霜降一路騎車出去，心裏巴望別再是那個小趙。小趙自那次在朝鮮麵館遇到她和大江，幾番託他在警衛團的熟人帶信給霜降，讓她在大江面前「美言」他幾句，看在他「鞍前馬後」保衛過程司令兩年的情分上，幫他弄個北京市民戶口。信的口氣有一點醋意和譏諷：跟你霜降重敍舊情，我是沒那分痴心妄想了；既然你霜降已攀上了高枝，豚剩下的果子，也空投給咱救救饑。霜降回信給他，說這事她半點忙也幫不上，她與大江僅是主僕關係，連朋友都算不上，千載難逢地出去一趟，既是偶然也是正常。

而營門口站著的卻是風塵僕僕的黑瘦小兵，見了她就說自己從雲南來。

雲南？大江實習的部隊就在雲南——霜降腦子電一樣快地閃一下。

「我送我們副參謀長回來的……」說南方話的小兵說。

「副參謀長？……」霜降想他大約找錯了人。

「程大江。」他從軍用袴包裏掏出一封信，封面上寫著「煩交霜降」。她從沒見過大江的字跡，頭次見連自己的名字都覺得異樣了。爲什麼是我？怎麼會是我？……

「他怎麼了？」他人呢？他怎麼會被人送回來？……

「程副參謀長受傷了——演習的時候出了事故，他的腿炸壞了！派我們幾個送他到軍總醫院的。」小兵說。

那是兆兆工作的醫院——霜降腦子裏又過一次電訊。

「他傷重不重？」

「重是重，不過沒危險。上飛機之前做過一次手術了，今天是第二次手術。」小兵說得很急，離去得也很急。

大江的信不長，只告訴霜降他可能會殘廢，想儘快見她。還說到兆兆在聞知他受傷的消息後正要動身去日本，去參加一個醫科大學的合作項目，他勸她不要等他。他被送到軍總醫院時，兆兆已走了。信最後叫霜降千萬對他家裏封鎖消息，他怕父親吃不消這消息，也怕一家人到醫院去吆五喝六。

霜降第二天下午到了醫院。大江睡著了，臉色還好，人卻像老了一大截。那是單人病房，白色鐵床置於屋中央，一個向來神氣活現的大江一下顯得那樣無依無助。

霜降發現床周圍沒有一把椅子。的確沒人來看望過他。

她從未見過一個男性睡著的模樣，因此這一會的打量使她感到有些神聖。他原來是這樣睡的，嘴抿得那樣緊，像一張從來不和父親耍貧嘴、不和母親胡應付、不和女孩子們賣俏皮的嘴。很難想像這樣的嘴會不負責任不計後果地說：「霜降我喜歡你。」它那樣沉默寡言，即便含有一個「愛」字，也該是無聲的。

它果眞含有一個無聲的愛嗎？對她這個女傭？別扯了。這張嘴即便啟開向她傾吐出一淘籮愛字，她也不會信。它啟開的第一個動作將是斜著一邊嘴角的笑，那笑從一開始就讓霜降警覺，對做熱戀夢單戀失戀夢的自己一再喊「醒醒！」

假如果眞有一天，它向她啟開，告訴她他愛她，接下去告訴她他要她；明知那愛是那要的謊花，或那要是那愛的苦果，她也會給。怎麼辨呢？她愛他。他要，她給，就算夠美滿了。

這張冷峻緊抿的嘴吻過兆兆，一定長長地、心篤意定地吻過她，那樣的吻會使兆兆和他都感到長久、完滿、徹底的相互擁有。那麼吻過之後呢？他心裏可還有一個小極了的角落？那小極了的角落像是人塞行李箱或塡倉庫，塞塡得再滿也難免留下的夾角或死角，他若就把那角落給她，她也要。

她眼睛脹起來。她頭一次這樣哭，淚水持續地蓄積，蓄積了那樣長久那樣滿卻不立刻流下來。因爲她心裏並沒有悲傷推動它們流下，有的只是一種複雜的感動，爲自己和大江無望燃燒卻不肯泯滅的那點情誼。

她仰起臉，似乎想把眼淚倒灌回心裏。卻不行，它們成熟了，它們自己墜落了。她就這樣和自己的眼淚較勁，她將它們仰回去，它們尋著別的途徑再流出來。強烈的抵觸竟使那飲泣愈來愈難以扼制。她想，連自己的哭也變得這樣複雜。她不知它還算不算哭，正如她的笑，是否還有笑原本的含意。她在這淚洗面的時刻發現她哭出了痛快恰等於她時常笑出了難受；原來它們是可以混淆的，像好孬、美醜、善惡等概念都可以不相互對立，都可以混淆。在程家的院子裏，在她這兩年中，所有她認為古傳的、固有的、長輩們教誨的眾觀念都被攪拌得你摻進我我摻進你，辨不出反正、是非了。

她的手被捏住了。伏臉，見大江正看著她。她急忙抽手去擦淚。

「哭那麼久！」他說。他看了那麼久，玩味了那麼久。他說他的傷不值她那麼多淚。他又一次拉她手，拉得她只得捱床邊坐下。「唉呀，小姑娘啊小姑娘！」他吟唱一樣嘆道。

霜降問他的手術。疼得厲害嗎？剛下手術臺還好，夜裏不行了，我罵了一夜。現在呢？你撩開被看看，敢嗎？

霜降看見一條白得耀眼的腿，一股藥味掖在被子下。那條病員褲被剪掉了一條褲腿。她忽然意識到她不該這樣魯莽地撩開被子。大江大笑了：「怕呢，還是難為情，臉紅了！你可眞是個小小姑娘！」

霜降急著轉話題，說剛才一個護士硬不讓進。今天不是探視日。那護士兇得很！

「後來你怎麼進來了？」

「就那樣作賊一樣進來了，她坐的地方能看守走廊兩頭。我聽她接電話，趕緊貼牆溜過來。」霜降說。現在的笑可算作眞正的笑。

大江說她們對他一樣兇，要想她們不兇第一得說他爸是誰，第二，女朋友叫兆兆。不然她們見的大頭兵升成的官太多了。

「兆兆沒跟人打個招呼，要他們照顧你好些？」霜降問。

「她打了招呼我還敢扯開嗓子罵人嗎？」

「你罵什麼？」

「什麼都罵，一開口就八輩以上！大頭兵受傷都要罵，這是規矩。跟新娘哭嫁，寡婦哭墳一樣，規矩。」他笑得一嘴牙又全露出來。一向的，他這笑比所有人的笑都飽滿。他恢復了霜降頭次見的那個饒舌頑皮的大江。

「總有一天她們會曉得你是兆兆男朋友：哎呀，那個亂罵人的大頭兵原來是趙大夫的男朋友！……」霜降覺得自己快要恢復成最初的自己了。儘管有個兆兆。

「她們恐怕永遠不會知道了。等兆兆三個月回來，我們說不定各歸各了！」他說。

霜降很高興自己的心沒跳亂。沒這個兆兆，會有另一個兆兆，哪個兆兆都沒了，也輪不上你霜降。輪不上你心亂也白亂，不如安份守著他給的夾角死角、無論多小的一個角落。你命裏該的，就是那個誰也占不去，想塡也塡不滿的小極了的角落。

大江以爲霜降在專注聽他講兆兆。他一個勁肯定兆兆的長處，說她從不否認自己的優越感，爲什麼否認呢，她該優越，她不像程家子弟那樣空洞地優越、不學無術地優越。而正因爲她太優越她學不會愛別人。愛情是種雙方都表示謙恭才能產生的感情。「對吧？」他問霜降。

霜降趕緊點頭，實際並沒眞聽懂他。

「我想我和兆兆不應該結婚？」他很沒主意似的看看霜降。手一直握著她手。

「你們不是十月就舉行婚禮嗎？」全院人都在傳說程司令準備訂飯店，趁機請請平日不太走動的上級和同僚。討厭鋪張的程司令這輩子是頭一次和最後一次鋪張。

「兆兆告訴我，她可能留在日本。不留，十月她不會爲結婚回來的。她對我沒那麼熱。」大江心平氣和地說。

「那你對她呢？」霜降急問。似乎不是急自己而是急大江，有點爲他抱不平。你這麼好看這麼有前途這麼要強這麼不凡夫俗子，她憑什麼不對你熱？她不熱，讓她有一天也剩成川南，末了撿個姨裏姨娘的小行政幹部也嫁了，還見他眼色行動舉止。

「我對她？」大江想一會：「她是個值得人尊重的女人。別看她平時小孩兒脾氣，進了病房像男人一樣果斷沉著，看了就讓人尊敬。但結婚是男人和女人的事，需要熱，說醜些，需要熱去刺激荷爾蒙。人說到底還是動物。動物間的異性相吸是很原始，也很美的。因爲它沒有功利性，也不摻有社會因素。」

霜降想，他的意思是他對我有這種熱嗎？噢，大江，別來惹我。我有那個角落就挺好。有那熱沒尊重一樣是不成的，我知道。你更知道，不然你爲什麼握著我的手從來不給我解釋呢？我們說點別的吧。霜降問他要不要喝水，她帶來了他喜歡的可口可樂。

她將他床頭搖得高些，一面回答大江對家裏人的提問。你媽？她還好，前陣流了次鼻血，現在她在看一個新醫生。川南胖了，懷孕嘛。東旗不常回來，回來總是爲她的大猫。川南把她的猫打了。

「老樣子，世界上竟有這麼無聊的一幫人！」大江笑著惱，笑著愁。「不是聽說六嫂出事了嗎？怎麼個前後？」霜降生怕他把她也歸到無聊的「那幫人」裏，便簡短講了經過：六嫂有天到學校直接領走孩子，三天後程司令叫人把被藏的倆孩子找了回來。川南從此找六嫂的行踪，不久六嫂就被警察抓了。罪名是跟外國人非法同居。霜降沒加評論和形容，沒說當時程家人怎樣傾巢出動，到賓館去看被「捉雙」了的六嫂。六嫂披頭散髮，口紅抹得滿臉，濃粧融得那張標緻臉蛋成了油畫調色盤。東旗的話：是個道地的妓女形象。

六嫂被警方拘留不久，程家出現了兩個夾黑皮包的人，都說是便衣警察。他們並沒有驚動程司令，進了院直接奔淮海的屋。照例還在好睡的淮海被敲醒，換掉睡衣就跟他們走了。

在院裏他對那個矮警衛遞眼色、打手勢，叫他去叫「老爺子」，矮警衛不懂，倆便衣先懂了，制止了院裏所有人的動作，說他們僅僅奉命來帶淮海「走一趟」，「談一些問題」，沒必要勞程司令的大駕。等程司令小跑著出來，淮海已被塞進吉普車，開走了。花一禮拜時間，程司令也未打聽出誰帶走了淮海。院裏有人猜是六嫂檢舉了淮海，出於報復。也有人猜是被開除的李子終於找她的保姆社會領袖把狀子遞到了某人手裏。又過一些天，兩個夾黑皮包的又出現了。他們還是和藹客氣，打定主意「不打攪首長」，直接找院裏的小保姆們談話。他們叫大家不要怕，有法律有國家有黨中央替她們做主，程淮海怎樣爲非做歹，怎樣蹂躪和凌辱她們，統統講出來。沒等大家想清利弊得失，孩兒媽已攙扶老將軍走過來。兩人一下顯得那麼風燭殘年，相依爲命。

一週內已變得顫微微的老將軍老遠就對兩個便衣拖長腔喊：「你們還我的兒子啊！」喊聲之凄涼之椎心刺骨，連兩個便衣臉上都出現了憐憫。

倆便衣忙說帶走淮海的並不是他們；拘捕和調查是兩攤子公事。他們只管來調查，至於人被誰扣了，他們完全不知道。「首長當時該看看他們的拘捕證，上面有戳子證明他們是那個處那個科。公安局大了，各有各的權力範圍和任務。」

老將軍像是根本聽不見，仍沙啞著嗓音管自訴說：「……你們吶，看我年紀大啦，不來惹我呀，怕惹出我這條老命！你們就來朝我的孩子下手啊你們！」

兩人又忙打躬：「首長千萬別急壞身體。您一定知道中央最新文件，社會上淫晦犯罪活動要嚴加打擊，包括一大批高級幹部子女。您老一生擁護黨中央，相信您這回也會以黨和國家利益為重，採取配合態度！……」

「配合你媽啦個巴子！你們是什麼黨？抓人跟偷雞一樣啊？三K黨還是拆白黨？……還我的兒啊！」

「首長不要激勵，您兒子有錯改正，有罪服法，沒錯沒罪，自會不丟一根毫毛地回家！您可別太難受，傷身子骨！……」

老將軍仍是對他們的話聾著，他們說他們的，他說他的。他已哽咽得進氣多出氣少：

「你們打了狼就來殺狗、逮了兔子就來宰鷹啊！殺不了我這條老狗，就來斬盡殺絕我的後代啊！我還活著你們就開始滿門抄斬了你們?!我生是國家的人死是國家的鬼一生都給了國家；我十四五就槍林彈雨裏鑽，渾身給槍子打成篩子，命不大的九百回也死過啦！你、你們眞打得下手啊！去問問看，我程在光怕過死沒有？攻城攻不上去，我槍都不要，甩大刀片，拿這一身血肉給我的兵開路，身先士卒你們當是寫在書上漂亮的？我活到今天就為看你們一個個來殺來綁我的子孫吶！為了革命，我少年喪母，中年喪妻，現在你們要我老年喪子啊，人頂慘不過這三『喪』啦！……你們殺呀，逮呀！把我逮去吧！我拿我這條小命抵我孩子的小命！我光膀子跟你們走，反正是滿身槍眼，你們再添幾個也不多！……國民黨的槍子沒要我命，你們朝我來吧！……」說著哭著，同時就要動手撕扯身上的衣服，孩兒媽和警衛都上去捺他。

有的小保姆吃驚，說老爺子從不爲子女動這麼重的感情，四星被捕時，他面都未露。也許人老了感情脆弱了，兒女情長英雄氣短了。

所有人似乎都爲老將軍由衷的感傷和蒼老的眼淚震動了。在場的霜降意識到，他的老淚不僅爲兒子流的，而是爲更多更深的緣由。那理由他自己也無可言傳。

那個新來的小保姆竟也陪著紅了鼻頭眼圈。兩個便衣完全沒了公事公辦的腔調。似乎老將軍的悲憤大有道理、頗順正義，人們一時間悟到他所有的話都不假：他曾經的確英勇過、獻身過、玩命過，當他吃草根咽樹皮衝鋒陷陣時他沒有私欲雜念，想到日後會有這樣的院子房子和車子。他當時毫無把握自己將從成千上萬次死亡中活出來，成爲有幸的千分之一或萬分之一，來享受厚報。他甚至不知道世上竟有這樣的院、房和車，窮盡他的想像力，他當時所能想到的最美滿生活是兩畝地、一頭牛。你能說他的忠誠勇敢帶有投機意味嗎？

也許是老將軍的話發生了效力，一星期後淮海回來了，對誰都說沒事，但誰都看出他臉更皺，嘴唇腫著。他說那純屬一場誤會，公安局長親自給他陪了不是。那以後淮海至少三天沒出屋，出屋後也不再對小保姆們張口閉口地「親一口」了。約摸一個月過去，被當洋娼逮捕的六嫂突然出現在院門口，說是要進院子跟諸位打個招呼：她要出國了，她不是「洋娼」而是洋人明媒正娶的夫人。門崗警衛拿不準是攆她，放她，還是扣留她。問正駕車進門的淮海，他頭縮回車窗說：「我不管！」

這時川南下了樓。川南見六嫂「喲！」了一聲，六嫂卻搶先開口了。

「來告訴一聲，我明天飛美國啦！好幾國大使館過問了我的案子！你家一手遮天吶？辦不到啦！你家霸道橫行的日子早過去啦！……」

川南對警衛兵：「扔她出去！……扔啊！沒看這破鞋在髒我家門臉兒嗎？」

「你敢動我一手指頭？」六嫂朝手按槍的警衛兵豎起一支尖尖的手指：「現在你們再逮再抓試試！……」

「怎麼啦？做了出口破鞋我就不敢碰你啦？」她轉向無所適從的兩個兵：「木頭啦你們？你們不敢動她，我一會叫你們連長關你們禁閉，玩忽職守嘛！破鞋腳站在我家地盤上呢！非法進入軍事要地，管它哪國人，想怎麼處罰就怎麼處罰！別說你，就是你那美國佬男人敢把腳往這門檻兒裏伸，照樣崩掉他的天靈蓋兒！……」

六嫂朝院裏院外的旁觀者一劃拉胳膊：「程家還想霸道幾天吶？老頭一死，你們樹倒猢猻散去吧！那時有仇的報仇，有寃的申寃，哼，那一天我還得回這院子看看，看這一家積陰德陽德到末了怎麼著了！看你們還敢霸著我的孩子！看你程四星敢楞充孩子爸！……」

川南揚嗓門哈哈笑了：「你婊子活不到那天！瞅你那副愛滋病身子骨兒！婊子你想看我們家笑話！別讓梅毒大瘡爛掉鼻子爛瞎你眼就算婊子你造化啦！……」

淮海跑回來，對川南像哄像斥地：「吵什麼吵？讓人瞅熱鬧解悶兒啊？」他又轉向六嫂，也像哄像勸地：「你跟咱家沒關係了，還在這兒吵什麼？……」

「我吵什麼啦？」六嫂道：「我要眞吵別人早知道你家喪天害理，亂倫缺德的事兒嘍！……」

川南上去就要揪六嫂，淮海擋了。

「還得了？這婊子頂著咱家門罵街來了！」她被淮海扳住肩往後推，她一竄一竄地往淮海左邊右邊的肩上霸臉，企圖仍與六嫂保持對峙。「你國際大破鞋以爲嫁個老外就拿你沒治啦？說銬你照樣銬！……」

六嫂一步步往上湊：「你試試！銬不了我你不是人養的！」

淮海招架不住地擋在倆女人之間：「得了得了！……」

「什麼叫得了？你有短兒在她手裏呀？」川南推了淮海一掌：「今兒就讓她看看，我家就是霸道，就是橫行，就是依仗權勢！警衛，銬這娘兒們！」

淮海卻忙更正：「甭理她，婦道打架沒是非好講！……」

吵鬧引了越來越多的人圍在程家門口。有表演欲的川南和六嫂越發情緒亢奮，臉上都出現了一模一樣的兇狠而憤怒的微笑。

「你銬啊！……」

「你再往裏邁一步！……」

淮海聲輕下去：「行了，她就想惹人來瞧咱家的戲，你不是幫她敲鑼吆喝場子嗎？」

「喲淮海！」川南甩開淮海的手：「你哪天變這麼厚道溫良啊？」

淮海像被揭了短一樣臉白了，又紅，不一會便撤了。倆女人直罵到嗓子劈岔，所有醜話都重複了無數遍，瞧熱鬧的人乏了，才休嘴。奇怪的是程家人沒一個事後助川南的興，反而都說她：「閒著了」「吃飽了撐的！」當晚川南建議：趁六嫂沒離境，再次以別的罪名把她逮起來。比如她從四星手裏搜刮過幾萬圓，既然錢是四星走私走來，販軍火販來，花錢的也算得上窩贓、知情不報罪，大家都勸她拉倒。人全沒了以往的好戰，起碼好亂好熱鬧的勁。

或許不止霜降一人意識到，從淮海那次誤會的被捕後，程家出現了一種微妙的慘淡氣氛，像是都在心裏爲某件事氣餒，或暗中深深失望了一次。還像是，淮海那次被捕的誤會歪打正著地讓人們會心到一些什麼，會心到程老將軍的淚流之有源；這院子雖然一切如故，實質上卻一切都不如故了。老將軍畢竟老了，他的老絕不只是他一個人的事。

而霜降沒把這一切講給大江。她回答他「還好，」「老樣子，」「和從前差不多。」難道程司令不照樣以鋒利的門齒磕碎一顆顆肥大的蠶蛹？孩兒媽照樣躺在竹椅上咯吱吱地翻身、噗嗒噗嗒地揮扇子？東旗時而回來：「咪——咪！……」淒厲地喚她的猫？難道四星不還在他的屋踱去踱來或隔窗遠眺？難道川南淮海（有時也加上東旗四星）不照樣白天相互謾罵，夜裏迎來送往，打牌、宵夜、狂歡？難道那輛黑色雪亮的大本茨不照樣進進出出，在任何寬的窄的路上一往無前，雨天濺人一身水晴日揚人一臉塵？儘管車裏面的部件不如以往靈了，車駛起來不再快艇一般輕了。霜降能講清這如故中的不如故嗎？誰又能講得清？……

也許誰也沒去咂摸這如故中的不如故。也沒人咂摸得出。除了大江。霜降能在大江失血而發黃的臉上看到一絲先知般的冷笑。似乎他並不是剛咂摸出隨老弱下去的父親而變質的一切，而是老早就開始了這咂摸。他笑的內容還有：幸虧我的睿智，幸虧我父親對我僅是鋪墊，我從未依賴上去，我才成了例外。現在看到了吧，人們？我程大江所有的努力就是爲了不讓我父親的榮辱主宰我的沉浮。說到底，一代草鞋權貴能領幾代風騷呢？它的短命是預期中的。然而我建樹的是我自己，成就的，也是我自己。大江對心目中一個遠處長長吁口氣。

霜降這時從床沿站起，說她該回去了。大江說天還沒黑啊，急什麼。她說她還得向新來的小保姆交接班，示範許多事，還得收拾行李，下禮拜她就不在那院裏了。

「去那個沙發廠？」靜了一會，大江問。

「啊。」

「不是要上夜大學嗎？」

「也上啊。」

「你高興離開？」

「啊。」霜降抿嘴笑了，抿嘴喘了口長氣，身子往上一提，再往下一放。似乎從此什麼都好了，心都輕了。大江在漸暗下去的光線裏看她，動也不動地看。他不知慶幸她走還是不捨她走。不是你大江曾經那樣和我鬧：「你怎麼會是個小保姆？你不該是個小保姆！……」好了，我將不再是那座被你叫作「醬缸」，被六嫂罵作：「比『紅樓夢』中賈府還髒」的院落中的女婢了。可我還是我，我和你這多情公子之間仍是那個距離。

「我們不是說好，我來替你安排住處？……」大江又出來一點脾氣。

她說她養得活自己；自食其力不好嗎？他不出聲了，卻又不服貼地瞪著她。過了一會，他頭擰向背後的窗子：「眞他媽不想躺在這兒，想出去走走。外面特別舒服，秋高氣爽，對吧？」

「啊。」秋風一起，你父親開始披大衣了，沒人看見時，他雙手扒住桌沿站起或坐下，她沒對大江講這些。

大江頭轉回：「你去過香山沒有？」

「沒有。」東旗有天回來，說她提議全家去趟香山。沒人吱聲，全像瞅精神病一樣瞅她，彷彿說：正常人哪有這樣不識時務地興致勃勃的？霜降當然也不會對大江說這些。

大江眼神虛掉了：「等我腿好了，我帶你去香山！那兒到處是楓樹，天一冷就紅得呀……！你現在就扶我起來，我們到院子裏坐一會。你去値班護士那兒要把輪椅來！……」他眼馬上不虛了。

霜降連說不行：他昨天才做的手術。

「一會開晚飯人多，你趁亂到護士値班室，那兒要沒輪椅，拐杖也行！」大江說。

霜降仍不答應，說他離架拐散步還差得遠呢。「再說，我不能呆晚，我不是閒人吶。」她伸手去捺已騷動起來的大江的肩。他的肩梆梆硬，鼓著塊巨大的肌腱。「等你好些，我還來看你。」

大江看著她：「我好些還要你來看我幹嘛？」

她歪頭抿嘴，也看他。她知道她這樣子十分撩人，雖然人明白這樣子個個女孩都會做，是種天然的造作。「那就不來呀。」

「不來去哪兒？」

「去個地方，重新投胎，投了胎不走這趟，不做小阿姨。」她撒嬌地牢騷著，手指捻著胸前鈕扣。

「不走這一趟，就在鄉下窩一輩子？」

「啊。」

「在鄉下窩一輩子，從來不知道有個人叫大江，他喜歡你？」

「啊。」

她拿起床頭櫃上的包。

「要走了？」

「啊。」

他不言語了。她不去看他，知道他心有點痛，和她一樣。

「霜降！……你這都是跟誰學的？」

「什麼？」

「……你什麼時候學會這麼折磨人？」

她向他扭過臉：「我？……」折磨你?!我的那點心思，你抓抓放放，拿拿捏捏，就像你對我的手一樣，全憑你高興。你什麼不清楚？你太知道你不僅可以將我的手拿起放下，對我的全身心，你都可以。你都做得到的。

大江忽然喊：「護士！」喊到第五遍，護士來了。

「喊什麼？不會揿鈴嗎？」

「沒那麼文明！……」

「跟你講過，手術後都會疼幾天，止痛片不能隨便吃，會上癮。」白臉白衣，雪人似的護士嗓音冰冷。

「我要撒尿！」大江喊時頭一仰眼一閉，完全像鬧事。

「便盆在你床墊下，不是伸手就够著嗎？」

「衝著它我尿不出！給我一雙拐杖，我要上茅房！」

護士站那兒看他一好會，說：「我們這兒只有厠所，上茅房回你們村去！」生怕他反應，她飛快轉身走了。不久她遞來兩根拐杖。

霜降當然明白他要雙拐不是爲了上厠所。電梯就緊挨著厠所，他站在裏面，讓霜降捺電鈕。他生來頭次柱拐，動作協調不起來，在樓下小徑上起步不久，就精疲力盡。霜降說：讓我來扶你走。他不理會，眼睛瞪著前方，身體一聳一聳向前，起伏大得唬人。路燈開始亮了，光從梧桐樹枝裏滲出，大江的額頭和鼻尖金屬一樣反光。他竟出那麼多汗。如此不得法地架拐，要不了多久他腋下就會磨破。霜降不再表示要攙扶他，那樣等於提醒他失去的矯健。他的矯健也曾是他優越於人的一點。

他倆嘴上談的和心裏想的全不相干。他倆都明白這點。當他第三次說到「外面眞好，空氣眞新鮮」他自己也乏味地笑了。

前面的石臺階引著小徑上了一丘緩坡。他猶豫著，吃不準自己是否上得去。霜降說別上了，要累壞的。他眼瞪得更狠些，身體深處發出一個「哼」，開始登上第一階，第二，然後第三。每登一階，那一聲「哼」便更深。他眼瞪著什麼呢？是在瞪他自己？他的那個意志在不疏忽、不依不饒地監視他自己。

「就是這兒——這兒漂亮吧？」登上最後一階，他說，將額歪到臂上抹了一把汗。

「這兒」是他與兆兆常來的地方，因此他背熟了路途。兆兆就坐在她現在的位置上，身上那股淡淡的手術室氣味讓人想到「尊重」這詞兒。兆兆也像她這樣，撿起落在板凳上的銀杏葉，一片片圍成一個整圓？大江也這樣看她，帶些誇張了寬容的笑？男人總這樣誇張對女人的寬容，女人總對那誇張假裝渾然，越發行爲得沒道理，越發需要男人來寬容她。女人會過分索取這寬容，也許兆兆就幾番索盡了大江。

兆兆不會的。她不像那種不懂得在極至與過分之間把握分寸的女人。她會在大江剛感到冷落時，將手裏的葉葉兒散去。就像霜降現在這樣一散。

霜降感到自己無論怎樣動靜，都在重複兆兆，甚至模仿兆兆。卻又不能取代兆兆。她知道男人對一個女人的尊重是難得的，或這樣的尊重或那樣，或多或少。沒有尊重什麼都白搭，手拉手，拉得再急迫熱情也白搭。不然你大江爲什麼總是一拉我的手就緘口？你從來不能夠從這手拉手中發展出任何東西，因此你一拉我的手就是這副若無其事的樣。

他將頭仰在靠背上。手上卻有許許多多的表情。霜降感到那握著她手的手的激動、嘆息、欲望、傷感、愛、嫌棄。

「眞好——你要去讀書了。然後你去做個護士，唉，可能是護理師、護士長。」大江對著天空說：「那時你二十四歲？二十五？」

「那時你還來住院，我給你止痛片。」霜降將手反握一下。

「去你的，我才不來住院！」大江的手笑了，一顫一顫。

「那你老了會來住院的。」

「為什麼？」

「人老了，往醫院跑得就勤了。」

「那你也老了。」

「嗯。」老了多好，老了那些夢想妄想痴想都死了。那時，大江，我或許會對你說，我愛過你。既然老得什麼也來不及了，我會敢說的，我會說得心平氣和的。我還會對你說：但願人有來世。

「那你一定得用功學習，要做大醫院的護理師啊。」他手那麼一往情深。

「嗯。」她手迎合著。感到他的手的力遠不止是手自身的。

「你那時一定是最好看的一個護士。」他手不可思議地燙起來，並滿是濕漉漉的汗。

「穿上白袍子，大家都差不多。」

「你一定不一樣，我肯定認得出你！」

「還有大口罩！」

「你不願我認出你？」

霜降不語了。認出就意味著被遺忘過呀，大江。當然，遺忘掉一個曾使你動過心的女婢是順理成章的事。遺忘很快就會發生了。遺忘是愉快的——等我一走，你會發現它多麼愉快。首先讓我們遺忘這手拉手，你從來沒有命名過它。似乎他的手明白了她的心事，感到遺忘的逼近，便死扭住她的。

「這裏好清靜。」他說：「沒人會到這裏來。」爲什麼說這個？這樣手拉手不必背人呀。

她突然明白了他手的激情。明白的同時她的手也熱起來。這是她的第一次，把自己全部地給予了。她感到滿足後的無力。

她悄悄轉臉去看大江。他的臉和全身在他的呼吸中起伏。你占有過我了。她眼睛一眨，落出兩顆淚。

一個月後她再次來看大江時，他已經換到三人病房去了。她記著前次緩坡上的約定，這天傍晚，她來了。就在那丘緩坡上，大江說他正在做新的決定：是否和兆兆分。她被一個曖昧的希望鼓舞著，穿了件白色風衣，裏面是那件黑襯衫，她知道正是這件黑襯衫從一開始在大江眼裏就把她和一般小保姆區分開來。

她越來越明白自己的美。站在鏡子前，雖那個「就你嗎？」的問句仍不斷纏她，她還是沒法否認她的完美。美或許眞的能征服大江這樣一個男性。

她不再是個小女傭。

她走過走廊時所有的男病員女護士都瞪著眼盯她。她問清了程大江的新病室，聽自己的鞋跟在人造大理石上敲得雅致矜持，一路響到大江門口。

門虛掩，裏面有個穿白大褂的女醫生的背影。霜降止了步子，診斷時間是不該進去的。女醫生隔著大口罩的話音有點像兆兆。

等門開大些，女醫生轉身摘下帽子口罩，霜降發現：她正是兆兆。啊，這正是十月啊！霜降覺得眼黑了一下。她當然沒進去。她當然心痛地沿走廊走回，心痛地承認自己不知天高地厚。

從醫院出來，霜降沒有回她與六個女工友合租的那間宿舍，而回到了程家院。

警衛與她調侃幾句，就放她進去了。她眞的是急需那幾件行李嗎？天黑了，有人叫她，回頭，見是四星。

她一下子覺得她回這院裏不是來找剩下的無關緊要的那點行李，而是四星。只有四星對她是眞心需要和喜愛的。四星曾說到的那點「眞」僅在她和四星的關係中才有。原來愛與過活是兩回事，愛一定要過渡到過活才能自然長久地存在下去，過活卻不需要愛，過活自身是獨立和成熟的，因此它自身能够自然長久地存在。過活不需要你挺累地將目光弄得曲折，將笑擺得那麼巧。過活是大米飯，你餓，它結實地填飽你，樸實得你感動。

愛卻那麼不同。兩個相愛的人若不能成功地過渡到過活就不能正常地吃、喝、拉、撒、睡。

霜降躺在四星臂彎裏想：她與四星從未經歷那個嚴苛、嬌嫩的愛就開始了過活，不知是幸事或憾事。

一切都那麼瓜熟蒂落，沒有侷促，手忙腳亂、東遮西掩。四星之後去厠所開著門小便、擦洗，似乎和她並不是頭一回，而是如此這般地過活已很久。他沒問霜降：你今天怎麼這樣痛快？也沒說：你看，過去我從來不急，不逼你，我知道，是我就總是我的。一種濃烈的自然平淡的氣氛使霜降心上的那塊痛輕下去。她靜靜地躺著，心裏說：大江，永別了。

四星看看她，替她擦去淚。似乎女人頭次有這事流淚是正常的，他不必問什麼。

「會懷孕嗎？」她問。

他說那好啊，我就有三個孩子了。前面那兩個正好喜歡你。

「懷孕怎麼辦？」她又問。

「放心，不懷孕我也會娶你。」

「什麼時候？」

他沉默頗久，說：「霜降，我要帶你走。出國。」

「你不知道嗎，服刑期不能離開國境的！你逗我的吧？」

「不。我出了院就決定逃出去。有人幫我。不就是一筆抹掉我的刑事紀錄，再換個假名辦張護照嗎？」

「那要是叫人抓住，算叛國嗎？」

「我幹嘛要叫人抓住？你要沉住氣，到香港就活了。」

「我也是假名？」

「什麼都是假的。只有鈔票是眞的。」他拍拍她臉蛋：「你不嫌棄我，我也不嫌棄你，小鄉下妞兒。出去了我們就開始好好過活。離這院子遠遠的，這院子塌了陷了我也不會回頭瞅它一眼。要不生在這院裏，我會是個好人的。你跟我走，你會生活得很好。」

霜降點點頭。又問什麼時候走。四星含混地說走之前他會給她足夠時間準備。

兩星期後，霜降偶爾看電視，見程司令的面孔出現了。他在沉重地一下一下地揮手臂，嘴裏的詞被老年人特有的喉音弄得很含混，嗡嗡一片。解說員很快解釋了一切：程在光將軍表態，對其子程淮海的被捕表示支持。程淮海被指控有輪姦及組織流氓團夥的犯罪行為。程在光將軍認為黨中央懲誡高級幹部子弟的道德敗壞是拯救民風的必要措施。程在光將軍以身作則，以黨的原則，國家利益為大局，為其他高級幹部樹立了表率，等等。

馬上找電話打到程家院，一個小保姆告訴霜降：軍營裏有人傳，程淮海這回十有八九要回老家嘍。

當晚霜降沒課，來到程家。幾個小保姆興奮而恐懼地對她七嘴八舌：淮海惡有惡報，有一百多女人寫了檢舉信。

霜降問：一百多女人都是被強姦的？

現在不管，誰讓他趕到風頭上啦？回回都要有重罰示眾的，誰撞上誰倒楣。他以為上次誤會抓他眞是誤會，放他出來人家不過想補足證據。他在家老實不多久，又出去喪德了。幾天前，他開車見馬路邊有兩女孩，都長得不錯，十八九的樣子。他停下車，向她們示出自己的工作證，說正為某電視劇選女演員，問二位姑娘肯不肯參選。倆女孩當時就上了他的車，大驚小怪地嚷，說她們頭次見這樣闊氣的轎車。淮海最巴不得別人讚嘆他的車，他會馬上輕描淡寫地告訴你：我爸的。那天他正好去參加一個舞會，叫「瞎子摸魚」，黑燈瞎火，一窩男女亂摸。跳到半夜一點，衝進來一幫警察，叫著要查抄淫亂據點。一窩男女馬上被分開，女歸女，男歸男。所有男的都咬定這是普通的熟人聚會，正常的家庭舞會。

一個警察叫出那倆個女孩，問她們與誰熟，倆人哭哭啼啼說是被拐帶到這裏的，人地兩生，想逃都沒法逃。

淮海立刻喊寃：「怎麼啦？咱們不是朋友嘛？你倆很高興受邀請的?!……」

警察問她倆，這人叫啥名兒？

她倆說壓根兒不知道。

警察又問淮海：她們不知你名字，既然你和她們熟，該知道她們的名字吧？

淮海記得她們告訴過他名字、學校之類的事。把握不足地，他陳述了她們的簡歷。

她倆說他沒說對一個字。

警察說他們以誘拐誘姦少女罪名，拘捕程淮海。

淮海還不服，喊？她倆心甘情願到這兒來的呀！她倆沒說一個「不」字啊！

警察告訴他：若她們說過「不」字，他的罪名就該是「拐帶強姦」了。

淮海是那幫人裏唯一被捕的，那幫人事後悟出倆女孩很可能是警察放出的誘餌。也可能不是，是程淮海上次被釋放就落入了監控網，是放長線釣大魚的套路。不是那麼容易讓程老將軍服貼、不鬧風波的，必須把握最有說服力的證據，才降得住老將軍。

老將軍一旦在確鑿證據面前服貼，他會公開表明自己的立場，正如他在電視上露面，表示他固有的耿直和不徇私情。這次與四星那回不同的是，老將軍沒有掩飾自己內心的痛苦；他在電視來訪的最後幾秒鐘突然情緒失禁，泣不成聲地說：「我沒想到在這個歲數上又失去一個兒子；萬萬沒想到，我和我的兒子是這樣永別的，他不會來送我終了，他說不定會走在我前頭……」電視在此處掐斷，老將軍如此悲傷，說這番話，令所有人意外，也超出了節目主持人的計畫。

小保姆們說，自從淮海第二回被捕，程司令書房的燈通宵亮著，那是他在親筆寫信給軍委主席或在要職的朋友們，要他們救救他的兒子。白天他乘了轎車出去，到職位高於他或低於他的實權派的住處或辦公室，等候他們的會見。但最終他的奔走和求助都被謝絕或敷衍了。在接受電視採訪的前一天晚上，他回到家，臉色是灰的，從院門到他書房，他坐下來歇了三次。當天晚上，人們沒見他到飯廳吃飯，臥室的燈早早熄了。

電視採訪當天，川南和東旗給淮海送衣物和用品，一回院子川南就大哭：淮海給打得不成樣子啊！打得咳血絲啊！眼睛腫成縫啊！

孩兒媽問東旗這話眞不眞？

東旗流著淚點頭。

川南哭得更收拾不住：淮海人沒什麼壞心眼啊！他人軟弱啊，一打什麼都招啊！他們是把他往死裏打呀！就像跟咱家有幾輩子寃讎一樣啊！對咱家所有人的氣都往淮海一個人頭上撒呀！淮海不行啦，不等到判刑，就被他們打死啦！……

東旗制止她，說父親身體不好，這樣哭會刺激他。

川南立刻被提醒似的喊：爸爸！你快救救你兒子呀！叫他們別那麼狠心打他呀！

只聽程司令書房「砰」一聲，人們聽出他那個大靑花瓶被砸碎了。

兩個小保姆說，她們已提出辭職，儘快離開這院子。這哪還是什麼將軍院？純粹是瘋人院。她們對霜降說：你走對了，程家眼看沒戲了，連修了一大半的游泳池也停工了。有個作家寫了篇文章，把將軍所有功蹟罪蹟都寫進去，最後寫到這個游泳池。作家在文章中對將軍呼喊：離您游泳池僅兩百公哩，就是乾涸的田野、村莊和人。那裏的井邊日夜有不見首尾的隊伍；隊伍裏不時發生爭水的格鬥甚至讎殺。越來越多的枯井在向北京向您逼近；北京的水位已下降到多少，將軍您知道嗎？您爲此憂慮過嗎？您忍心在人們省下的一杯一碗飲水中浴洗暢游嗎？在逐漸沙漠化的華北，在逐漸乾涸的白洋澱和無定河之間，您心安理得去擁有那一池清水吧！但願人們一口一口省出的水能漂去封住你心靈的積塵，使您早已沉底的良知浮出水面……

正是這位作家引起反特權的潮流。作家本人很快倒了楣：各文學雜誌和報紙都得到命令，不再刊發他的作品，但人們對特權那無頭緒的憤怒再次被輸導和釋放了。

「這一次比前幾次來勢都猛。」一四星對霜降說：「輿論迫使中央舉刀了。舉起的刀往誰身上落很有講究。實權人物的子弟不會受致命傷，而我父親這種聲望大，權力已被逐漸抽空的人物，拿來開刀平民憤是最合適不過了。他們了解我父親，他那點愚忠最後會平息他心裏無論多少不滿、忿怒和委曲。中央那些當權派很通權術，一向是打一巴掌給一塊小糖，他們當時抓了我，馬上給老爺子幾個有職無權的空銜(副這個副那個一大堆稱呼，他要是死了，頭銜就得占半張訃告。)要是淮海眞被重判，他們沒準讓老爺子當顧問委員會副主席。他們什麼也不損失，用老爺子再演一次『轅門斬子』，他們就可以對民眾說話了：你們反特權，我們這不正在採取措施嗎？你們恨高幹子弟，我們不正在殺嗎？這樣就把民眾的注意力從他們身上轉移開了，他們的子弟就蒙混過關了。你以爲眞是淮海太囂張引起公安局的注意？絕不是。是他們讓公安局注意淮海的，再說淮海那點風流債比起他們子弟的偉蹟算得了什麼？和我那時幹的，他也不能比。我是眞讓國家吃了虧遭了禍害的人。可是老爺子這回不會再有力量給淮海減刑，保他『監外就醫』了。老爺子這回被他們使完，再也沒人來理他了。這是他眞正傷心落淚的原因。」

四星走到冰箱前，拉開門，倒了一杯飲料。霜降發現它是酒。她覺得這不是好兆頭：溫和寧靜了許久的四星又在一杯酒之後恢復了原形。他坐到地毯上，從沙發角落裏找出那副牌。「看看運氣。好久不玩它了。」他對霜降笑笑，想讓她相信他仍是正常的。

霜降瞪著他，見他曾經的神經質、煩燥、慵懶，殘酷又在他身上顯現。

「你……又失眠了？」她問。

「你怎麼知道？」

「你在想好多好多事？」

「你怎麼知道？」

她心裏不可名狀地一陣痛楚，彷彿又悶又狠地上了一記當。那個死而復生、老成穩重的四星——在那四星身上她寄托了全部信賴、希望和那一點「眞」——突然沒了，有的仍是最初這個瘋瘋魔魔的、活不下去也死不了，讓人恐懼、憐憫加嫌惡的男人。

她納悶是什麼造成了他的演變：「你這些天一直在不停地想事情？……」

「我沒想。」他攪掉一把牌，手指忙亂地洗，再擺出另一把牌。「我已經想好了，沒什麼好想的了。」

「想好什麼？」霜降心裏的痛楚愈發深了。不久前，她把自己的一切都給出去了，給了那個像長兄一樣可靠可親的四星，而這時她看清那個四星是不存在的，那個四星只是僞裝。

「想好怎麼離開。我必須提前走，你跟我走。淮海的事一定會提醒人們：程四星還活著，還在程家大院的監護下自在著。他們一定會重審我的案子，把我投進監獄，徹底清查我國內國外的存款。那我就完了。上次我自殺未成，卻使我想透許多事，這輩子沒一個人眞正對我好過。我父親沒對我好過：他一直懷疑我不是他的。我母親對我好，只是爲了彌補我父親對我的虐待，再說她對每個孩子的好都奇怪地摻有拉攏討好的意味，她想在母子母女情感之外建立一層私交，靠它來削弱父親的影響和權威。她沒成功，因爲她不是孩子們理想中的母親。我曾經的老師、同學對我好過，那因爲我是程家子弟。我離婚的老婆對我好過，因爲她想做程家少奶奶。我孩子對我好過，因爲我使他們喝上進口橙汁。只有你是唯一對我好的人，小鄉下妞。儘管你害怕我，心裏嘀咕我是個怪物，卻仍對我那麼好。而且在我最背運背時、無人理睬的時候。我住院三個月，只有你按時來看我，有次你以爲我睡著了，坐在床邊挑了一中午西瓜籽。從那時我就想，是你救活了我，不是醫院。我要是還剩下一點兒人味，就全給你吧。這個國家怎樣，這個家庭怎樣，我不管，也管不了，而要你幸福開心，我是辦得到的。」

霜降完全沒料到他會講這樣一番話。她沒想到自己在這個厭世者心裏竟會有如此重要的位置。是感動還是反感，她拿不準。他神情中有種災禍的預兆，他許諾予她的幸福也好開心也好都將等她幸免於他的災禍之後。

果然四星向她講起他的計畫：他已訂好飛廣州的機票，從深圳出海關，所有的出國證件他都辦齊。「你千萬不要有任何流露！……」他說。

「……我也走嗎？」

「你當然和我一起走。怕啦？」

她不語，看著又激動又振奮又陰沉的四星。她過去怎麼會對他的禿頂無偏見呢？一個男人的禿頂竟是這樣不可忽略的殘缺！

「不用怕，我全安排好了，百分之九十九的保險。我知道你沒有足夠的思想準備。但許多事，逼到頭上，做也就做了！」

她想：誰逼我啦？我好好一個人做什麼要逃？他當然得逃。過兩天，也許明天就有警察來這院，銬他走。我沒罪沒錯逃什麼？一逃不就逃出罪和錯來了？生活對於他，只剩一個死，一個逃，他當然兩者擇其輕。我呢？我的生活離死和逃太遠，沒人逼我，我幹嘛自己把自己往這兩條絕路上逼啊？……

四星開始用低啞緊張的聲向她關照每個步驟。他安排得很周密，每一步都有幾種應緊措施，比如香港出不了關，他已買好飛雲南的機票，雲南天高皇帝遠，先混兩天，發現沒危險就過中緬邊界。「絕對萬無一失的。」他說。

「什麼時候呢？」她問。

「明天晚上。」

「這麼快！……」霜降眼瞪得自己都感到眼眶脹。「就再不能回來啦？……」

他表示理解地與她一起沉默，與她一起思前想後了一會兒，說：「小鄉下妞兒，我會對你好的。我會疼你寵你慣你。我們會有自己的一個院子，我們種花種果樹。我的錢夠我們樸素體面正派地生活到死。我再不會有親人了，除了你。」

「要是走不了呢？……」

「這樣：我們過海關時各走各的，萬一有人盯上我，你就走你的，裝不認識我。香港我有很多熟人，你按地址去找他們。」他摸摸她的臉：「我知道你很靈。」他笑得幾乎是巴結或討好的了。

「兩個小家夥呢？不成兩個小孤兒了？……」

「我媽會照顧他們。我留下足够的錢，將來我還會寄錢回來。你操的心眞多，他們喜歡玩具糖菓遠超過我。」

燈熄了很久，霜降仍感覺四星那沸騰作響的腦子。他的腦子先於他已登上逃的征途。可我幹嘛逃呢？我一個來自農村的清白女孩這一逃就逃出了清白無辜的背景。逃，只能離無辜遠，離罪惡近。剛才他的身體俯向她時，她使勁閉著眼，使他人爲地遠去，似乎他就是罪惡本身。爲什麼她認識他這麼久竟頭一次在他身上意識到罪惡這倆字？原來自己心裏仍藏著對是非的基本衡量。他在她身上動作時，她想，那個基本衡量使她一輩子也不可能愛這禿頂男人了。而沒有愛，那一點點「眞」在這場關係的支撐中顯得不勝其累。

天半亮她發現四星那一邊床是空的。目光掃一圈，他在屋那頭接著玩他的牌戲，背向她，動作抽風一樣不由自主。他顯然又是一夜不眠。他的策劃逃生半點從容也沒有。

霜降那天照常去上班，衣袋裏的那張飛廣州的機票絲毫未影響她踩縫紉機的流暢。縫紉機一會兒念叨著：要走、要走、要走；一會兒又嘀咕，不走不走不走。「要走要走要走」時，她腦子裏是個實心實意的四星，那個四星不管他前半生怎樣缺德作惡，後半生會以她來補過。並且正因爲他充滿罪惡，對一切都怨恨厭倦，包括對他自己，他對她的那點「眞」才眞得動人，才淒楚地美，才羸弱得惹人憐惜。是那憐惜催她「要走要走要走」。而「不走不走不走」卻使她站回社會公德的立場，去看那禿頂男人，他的罪惡使他永遠保存那點陌生，使她永遠保存那點敵意，使兩人之間永遠保存那點對立。在他倆「種花種蘋果」的未來，那幸福和開心成爲不可深究不可細品的東西，否則就會永遠品出其中的無恥和醜惡。

霜降毫不分心地踩著縫紉機。她腳邊有個極小的，誰看了都不會以爲她要出遠門的旅行包，那裏面僅裝有兩三件內衣和洗漱用具。她打算聽從縫紉機讀出她心裏所有的爭執以及最後的決斷：走，或不走。

車間日常的每一天都漫長得令人詛咒，這一天卻那樣短，「要走」和「不走」剛打出一個回合，大半天已過去。

下午有人喊她到廠門口接電話，一定是四星，昨夜那麼多籌劃、叮囑、恐唬、撫慰還嫌不夠，到臨頭還要再叨咕幾個「萬一」，沒有那麼多「萬一」她已夠緊張了。她抓起話筒。

「嗨！霜降！可找著你啦！……」

她喉嚨一下發噎。

「我出院啦！家裏的小阿姨告訴了這個電話號碼。你四點下班，我在你廠門口等你。四點，就這樣決定啦！」大江掛斷電話。她再一次被人「決定」了。

她沒想到這個瘦削的、穿一身藍、臉上也帶秋風的柱拐男人是大江。只有那雙眼還有他曾經的虎氣。但幾句話的往來，大江在她眼裏又是傻氣的了，是種磨難的傻氣。他不願承認的他的生活和情感的蹉跌，他的容貌全承認了，它呈出漂亮的幽暗和動人的成熟。

她問起他的腿傷，他答仍在恢復中，因爲傷在膝部，所以目前它不能隨意曲直。他隨而問起她的學習、工作，她心不在焉地答覆他這個也還好那個也還好。見他站著吃力，她建議他們坐到汽車站候車的板凳上去。她希望他別提他的家，淮海的事，也別提兆兆。就讓他們最後肩並肩坐一會，對她與他之間那段情誼無聲地說聲「別了」。

他卻偏偏不肯無聲，坐下不久他便問她（幾乎是質問）：她爲何失約，再沒去醫院看他？她抱歉地笑笑。她沒提兆兆。

他偏提。兆兆十月回來啦。十月已成過去，那該是你們相約「白頭偕老」的十月。

「現在她又回日本了。我們的事結束了。我們都鬆一口氣兒似的。」說著他胸脯大大一起伏。

霜降看著他，什麼話都像不得體。

「我的論文已經通過，反應極好！等我的腿完全康復，我還要到邊遠地區去，從最基本的做起，去帶幾年兵。兆兆怎麼可能和我到沙漠、叢林去呢？我最終會成爲一個有學問也有實踐的軍事家，成一個完全不同於我父親的將軍，從我開始否定草鞋貴族的血統。我得向人證明：我的成功不是從父親的權勢中來，而從沙漠叢林，從學識中來，從思考中來。兆兆絕不肯去做一個中層軍官的妻子，陪他穿過沙漠叢林。你會的，霜降。」

「啊……」她似乎聽不懂他自負、認眞、孩子氣的規劃。

「這樣對你說太突然了。也許有些心血來潮。讓我再好好想想，這不是鬧著玩的，光憑喜愛遠不夠決定這麼大的事，我對妻子的要求很嚴。你好好讀書……」他拿起她的手，像在想一句鼓舞激勵的話，卻只是加重語氣，將她手狠狠一握，又連說兩句「好好讀書」。彷彿只要她好好讀書就能消除他對她長久存有的那點輕視和嫌棄。彷彿僅差一個「好好讀書」，她就够得上他心目中那很嚴的妻子標準。彷彿「好好讀書」能抹煞她在遠鄉陋屋的出生和成長的背景。女學生是許多美好東西的起點和象徵。

在她與四星約好見面的時間，她在夜大學的課堂裏「好好讀書」。她甚至沒去想像四星在這個時間怎樣在機場候機廳步履錯亂地找她，怎樣進一步退兩步地往登機甬道裏走；怎樣幾回往椅子上落坐又幾回站起；怎樣在飛機升空時就著震耳的轟鳴罵了一聲或乾嚎一聲，接下去他那從不爲任何人哀傷的心漲起來，奇蹟般地漲出淚。他意識到沒了她這征途才眞正意味著逃亡，才眞正提醒他的一去不返。霜降不去做任何想像的同時已把這一切都想像了，正因爲她竭力迴避想像，想像才越發強烈，強烈得她心痛。僅爲一個「好好讀書」，她就做出這樣徹底的背叛。

是的，我要好好讀書，像大江心目中所有的好女孩那樣好好讀書。

程家院的小保姆總是最及時將各類事傳出來。第二天霜降就知道四星的「越獄」經過。他傍晚時溜出後門，竟迎面撞上程司令。

程司令問誰給他的狗膽他敢往院外跑。

他說他只是想到院後小山上蹓蹓彎。

「聽口令——向後轉！」程司令叫道。他不動。父親又連喊幾聲，一聲比一聲莽，院子的人都被驚動了，有快有慢向後門攏去。

「告訴你，你要從這門跨出一步，你就是逃犯，誰都有權力把你抓起來！」程司令用食指點着他說。

川南已大腹便便，像隻企鵝一樣擺到父子之間，叫著：「四星，爸身體已經很差了，你還惹他幹嘛？……」見弟弟憨傻半痴地笑，她又朝程司令：「爸，四星不就出院子走走嘛，您犯著動那麼大脾氣嗎？行了四星，咱們不出去，咱們回家？」她哄傻孩子一樣去拖四星，卻讓四星不費一點力地甩開了。

「你裝瘋還是真瘋！」川南上火了：「你想把老爺子氣出三長兩短來？老爺子有三長兩短大家沒房子住沒汽車坐，稱你心了是吧？……」她完全忘情了，沒意識到當老爺子面不該叫「老爺子」也不該提「三長兩短」之類更不該把兒女和老爺子的關係闡述得如此功利。然而程家兒女只有意識到事情功利的一面，才變得理性。

東旗恰好回來給貓梳洗，這時放下貓對川南說：「用著說那麼多話嗎？」她又轉向程司令：「爸，您那麼認眞幹什麼？四星出去散步，您要不想管誰都不會管。」她對四星：「你走你的唄……」她輕推他一把。

「敢！」程司令把話擠扁了吐出：「你們都給我閉嘴！看看我怎樣處置逃犯！警衛員！」警衛員緊張得眼也直了，往他眼前一矗。他伸手在矮警衛身上一摸，人們馬上看清，他摘了槍下來。好久沒看到老將軍如此利索了。

「給我向後轉！」他拿槍指指院內。

四星看看他，眼瞇起來，彷彿近視者努力看清某物。

「給我向後轉！」老將軍手勢更大。

四星不再向父親瞇眼睛，他視線轉向院裹，在每一景物上飄忽而過。老將軍在他眺望時，「啪」一聲打開槍保險。

「四星，兒子啊，你別那麼倔啊！……」孩兒媽出面了。她已許久沒在眾人面前講話。

「快回來，該吃晚飯了！……」

也許正因為這句話的家常與平凡，四星突然掉出淚來。但他仍生根一樣站在院內與院外的界限上。

「我就出去散散步……」四星說，仰著臉流淚。

「你只要再往外邁一步，我就打死你！」

四星用他浴袍的袖子橫抹一把淚，慢而堅定地，他向外邁了一大步。大家都叫「四星——！」

老將軍的臉色越來越黃，連說：「好哇好哇……」

「你開槍啊。」四星又抹一把淚，又向外跨一步：「爸爸，我從小就被你壓著；我的小命從小就被你掐著，我有什麼你毀我什麼，連口氣兒你都沒讓我喘舒坦過！我沒一次倔過你。你打死我好了，證明任何人想倔過你都沒門兒，你招著咱們大家的命兒！……」

老將軍的神色既痛苦又猙獰。

四星的神色也是既痛苦又猙獰。

孩兒媽走到丈夫面前，說著好了好了，大家吃飯吧，緩緩地，她從老將軍手裏下掉槍，將它還給警衛員。「吃飯吧吃飯吧」，她像根本沒把這場衝突當回事。

大家相跟著進飯廳，沒人去留心四星又在那兒站了多久，抹了多久眼淚。誰也想不到他那樣哭著哭著就走了，身上是件條條的毛巾浴袍，腳下一雙臥室拖鞋。也許他浴袍下已穿好出門的衣服，鞋別在腰上，兜裏揣足了錢——人們事後猜道。起初人們只是當作他賭氣，與父親要倔，都相互告慰「沒事」。夜裏打牌湊不齊兩桌，大家想起四星。他屋燈亮著，卻沒人應。下半夜川南忽然說：「四星這回別又吃安眠藥！」人們想，對呀，三番五回喚不應他人總不妙。都擱下牌跑到四星門前，橫聽豎聽裏面沒人聲，推開門，屋是空屋了。

許久人們都不知他去哪，是投了附近的「八一」湖，還是找人最稀的地方懸到哪棵樹上了。唯一知道他去向的是霜降，她當然一個字未提過，否則她便成叛國偷渡同謀了。以後的許多平靜的日子裏，她發現自己動也不動，眼也不眨地獃著，這種狀態是她想念四星的時候。那想念淡得都不能被稱做想念，而除了想念它又會是什麼？四星畢竟是從始至終珍視她喜愛她器重她的人。

淮海在元旦前被判了死刑，程家院門口也不知被誰貼了張宣判書，上面的淮海相片被劃了個大紅叉叉。槍決之前，程家人可派兩個代表去見最後一面，起先說好是孩兒媽和東旗去。東旗只淡淡說一句她不想去看這種戲劇性場面。川南已入預產期，丈夫不許她去。她丈夫現在動不動會對她說：「我看透你們程家人啦，哼！」每當他這樣說，川南便收斂哭或鬧，像是替程家一大家子陪他不是。最後只有孩兒媽一人去。

院裏的人都不知該哭喪臉還是該若無其事。照布告上講的，那個程淮海百死難贖，死有餘辜；除掉如此的惡棍、人民公敵，人們該揚眉吐氣。而他畢竟是程家骨肉，人們畢竟聽慣了他嘻天哈地，打諢一切，想到就此沒了他，心會墜，鼻子會酸。說到底淮海心不那麼壞，過年節他總買煙給家裏的老廚子呢。院裏小保姆在院外受了人欺負，他總幫著打抱不平的。他和警衛兵也混得極好，和他們打球摔跤，存了電影廣告全送他們。如今就這麼個淮海要被槍決了，多年輕啊，才三十不到五。

孩兒媽忽然決定不去了。她已穿戴好，黑色大本茨已敞開門等她。她背上負載著所有人，包括程司令的目光，忽然轉身，對大家說：你們讓我去，你們不公道啊！只有我一個人知道他怎麼被生下來，從這麼點長到這麼點，長成個大人；我受不了看他一下子沒了。

大家瞠目結舌看著她慢慢蹲下，捂住臉，起初人們以為她在哭，後來見血從兩隻手縫溢出來。

接下去又是急救，第二天診斷報告來了，孩兒媽已是鼻癌第三期。

不久公安局來人，說他們已調查清楚：「程四星已叛逃到香港，程司令的所謂「監外之監」是與法律開玩笑。警察們連前次的外軟內硬的「軟」也沒了，彷彿他們面前赫赫有名、建國元老的程老將軍是街頭的老流浪漢。

「滾出去！」程司令喊：「給老子滾！」

警察不但不「滾」，並進一步聲討：「身爲老黨員老幹部，目無法紀，搞自己的軍事小王國，……」

程司令渾身大抖，對他們掄胳膊：「滾！不馬上滾我就打電話給軍委，叫他們派中央警衛團來守我這院子！我還沒死！……」

「中國不是軍閥獨裁統治！」

「我這裏就是軍閥獨裁！不服不信，試試看，我照樣有人有馬有槍！逼急了，我拉人上山打游擊！就把這話告訴你們頭頭！告訴報紙，明天登報！這就是我程在光說的……」

警察們的吉普毫不氣餒地在程老將軍的罵聲中離去。

老將軍在當天夜裏被送進醫院。他未吃飯，獨自坐在院子裏，誰勸，他都說他只想靜靜心，不必管他。他甚至對警衛員也說：過新年了，去玩吧。人們覺得那天晚上他像個頂慈祥的老頭兒。他就那樣坐在北京的臘月裏，直到警衛員發現他頭猛往後一栽。

程司令從此就躺在高級幹部的特護病房。病房明亮潔淨，擺滿大棵的龍背竹。上去仔細看，會發現那些鬱鬱葱葱的綠色生命不是眞的。眞植物會在每天的一個時辰裏與人爭氣，這樣對躺著像植物一樣靜止的程司令不利。

外間是個會客廳，五張大沙發和地毯都是淺色。孩兒媽端坐在中間的長沙發上，見霜降走進來她擡擡眉閉閉眼。

爲著說不清的道理，霜降想來看看老將軍。據說他再不醒來，就這樣被人每天灌這個輸那個維繫著生命。活不多長啦。也許會一直這樣活下去。像植物，像百倍地長命於人的樹。或許出於好奇心：人怎樣變成了樹？霜降來到這間病房的。

霜降對自己連說不怕，一邊靠近了病床。當她看見老將軍的眼睜著，一眨一眨，東翻西翻時，她還是有些害怕。她甚至想對他笑一笑，像她素來對他那樣有點發懼地笑。他眼睛在她臉上稍留，又轉向別處，彷彿去好好思考她是誰。他眼瞼垂下了，一種羞愧的樣子。他對她從未表現過羞愧，不久前他摸霜降的臉蛋，順脖子往下，她哇一聲叫起來，起碼蹦開了五尺，說：「首長，您再這樣我就再不到您這兒來做活了！」

他吃驚極了，彷彿說：不就摸摸嗎？原來你是不可碰的？他由吃驚到氣惱，說：你以爲我隨便讓人到我書房來嗎？你這個小女子，眞有點莫名其妙！……

她就那樣靠在他寫字臺邊一直哭啊哭啊。她想等淚乾了再出門，不然人會看見。彷彿她有愧她該羞。他不理會她震天動地卻無聲的哭泣，他還氣著呢？她那樣多的淚也沒讓他羞愧。他過幾天仍人前人後叫她，大聲叫她小懶蟲，躲著不幹活兒——他書房裏的花幾天沒換水，花瓣落滿地毯，也沒人管掃。

去年仲夏他要去北戴河療養，孫管理向他報告隨行人員，他說去掉那個隨行護士，換霜降去。孫管理一時發蠢，問一句「爲什麼？」

他答：我喜歡誰就叫誰去。怎麼啦？那小女子讓我看了順眼，看了順眼我血壓就不高吔。他仍沒有半絲羞愧。

躺在病床上的老將軍又一次盯著霜降，一種情深意切的凝視。像他曾經多次命令霜降從浴盆裏站起時的那雙眼。嗯，好看，怪不得古時人最愛看美人出浴。不要忸怩嘛小女子，爲首長服務就是爲國家服務，懂不懂？好看好看好看！……他在北戴河也常說這個好看那個好看。太多好看的他顧不上來看霜降了。有兩個金頭髮小女子從早到晚穿著游衣，他便看她們，看得上下唇啪嗒一聲鬆開。好看的東西就該看進眼裏，他理直氣壯，他毫不羞愧。

就那麼奇怪：彷彿你理直氣壯地邪惡，你也能征服人。他就那樣征服了霜降，（以及霜降之前的女人）以至霜降懷疑自己錯了，不然自己怎會越來越羞愧而老將軍卻越發理直氣壯？……

就是在北戴河吧？老將軍的健康再也沒見起色。那次的中學生夏令營晚會之後，他就提前結束療養，起程回北京了。夏令營晚會上，霜降還見到了許多其他知名人士，如作家、演員、歌手。當節目主持人介紹：某某是哪本小說的作者，中學生便長時間鼓掌，而當演員和歌手上臺，他們不僅鼓掌，而且跳、叫，喉嚨都扯破了。

程老將軍是最後一個上臺的。他的一身毛料軍服熨得挺挺刮刮，白頭髮梳成很嚴格的「三七開」，一雙新布鞋的牛皮底吱呀作響。他頭高仰，目不斜視，當主持人介紹他的名字和職位時，他手閃電一樣在頭側一揮，行禮的力度和速度炸響了他幾處骨節。但沒有任何掌聲。中學生們似乎不明白這個老軍人幹嘛出現在這兒，他的出現似乎不合時宜也不合邏輯。嘈嘈切切的議論揚起時，老將軍有些不從容了。但畢竟出入大場面多了，他很快穩住自己，換一副風貌，兩手將軍服袖子一擼，指著下面十四五歲的學生們，亮嗓子道：「小鬼們！細妹子細伢子們！像你們這麼大，我已吃了三年紅軍的南瓜飯了！」

「細伢子細妹子」們靜下來，靜得叵測，彷彿在捺住性子看老軍人怎樣逗起他們的胃口，看他怎樣察覺自己走錯了地方——上這個臺上來「說古」。

霜降知道他是不得已這樣即興開頭的。照他給學生上「革命傳統」課的慣例，他往往從他祖祖輩輩怎樣貧窮，舊社會怎樣黑暗開始，那樣才更有邏輯，更顯出他參加革命推翻舊社會的迫切性和必要性。而那天他一上來便談起他身上的第一個傷疤：子彈怎樣在他皮肉裏開花，血怎樣流得像匹紅布。後來他又怎樣在手術無麻醉的劇痛中幾番死去活來，再後來傷口怎樣化膿生蛆。學生中有人刺耳地倒吸氣。

到他講到長征過草地，他餓得兩隻耳朵透明，薄如蠟紙，肚子卻凸得像面鼓，一敲「蓬蓬」時，下面學生們不安份了，動的，說話的，誇張了聲勢打哈欠的，終於迫使主持人上臺制止老將軍的談興去了。

「您的故事太精彩了，改天我們專門請您來講！……」主持人的耳語從麥克風擴散出來：「今天太晚了，考慮到首長的健康……」

「我沒事！……」

「這些學生活動了一天，也很疲勞了……」她抓過麥克風對臺下：「讓我們感謝程老精彩的講演！」

這次掌聲火爆之極，程將軍只得離開講臺，步伐彆彆扭扭地走下來。他軍夜兜被個重物墜著，霜降知道那是什麼。那是一把自製口琴。因為這是個文藝晚會，他提前多天就將這把口琴翻出來，炮彈片製成的琴殼被他拭去銹，露出頗純的銅色。這把口琴是他五十年前做的，音不準，吹奏者得把握氣流。老將軍為吹奏一支很短的紅軍歌練習了許多個早晨，卻未得機會表演，甚至連展示它一番的機會也未撈著。

警衛員在攙扶他下臺的時候朝霜降看一眼。原來他也懂得老將軍此時多麼沮喪和挫傷。

待他們離開會場準備啟程回療養院住處時，竟找不著司機了。司機跑去找演員和歌星們簽名去了。怪不得學生們那樣火急火燎，他們生怕老將軍的演講耽誤掉最激動人心的這一刻。學生們尖叫撕打，人仰馬翻地熱鬧。等找回司機，老將軍已又累又火，揪住司機前衣襟就要打，被隨行的一幫人拽開了。

大黑本茨被請求簽名的學生堵了，開不出露天會場的門，怎麼鳴喇叭也無效。最後人閃出條道，剛要開出，一個中年男人攔住車，兩手岔開大巴拿。

司機把窗玻璃搖下問他什麼事。

那人說了自己名字，說自己是個歷史教師，讀了報上某作家寫的關於程司令修建私人游泳池迫使幼兒園搬家的文章，他感到痛苦，因爲他無法回答學生們的提問：這是封建官僚還是人民公僕?!這就是歌裏唱的「沒有共產黨就沒有新中國」的共產黨老幹部?!既然今天有機會和程司令面對面，請首長回答：那文章是捏造還是事實？若是事實爲什麼作者又被下了「文字獄」？

程司令見老師後面跟了一大陣人，包括那些簽名或求簽名的人，他對司機吼：「死娘啦？還不快關上窗！……」

已有許多手扒到了窗子上，車難以移動。

「回答呀！回答呀！……我們要事實！」

程司令石人一樣端坐在後排座椅當中，冷漠傲然地聽著人們的「要事實！要事實！」一個漂亮雍容的電影女明星衝上來：「不敢回答，就是對事實的默認……」

就這樣牽牽絆絆、吵吵嚷嚷，車開出了人羣，遠了還聽他們喊「要清官，不要貪官！要人民公僕不要封建官僚！……」

直到第三天，程司令才開口講話。他開口的第一句話是：「紅軍烈士的血白流了！……收拾行李，回家！」

霜降看到一張傷心過度森人的老人臉。她頭一次被這張臉唬著。

而現在躺在一片潔白、充滿陽光的病床上的老將軍卻那麼平靜溫和，連臉上的皺紋也近乎平復。那從來不曾有的羞愧神色竟也時不時漾上來，使霜降幾乎要寬恕他對她做過的一切。他對她所做的使她愈來愈清楚地意識到：她不再可能做一個眞正的好女孩子，那兩隻佈著老年斑的手掐斷了那可能性。

那兩隻衰老的、像已開始風化的手現在各被兩根針管扎住，兩種不同顏色的透明液體正通過它們輸進他的體內。他這棵老樹正依賴於所有粗細管子進行生命循環，它們是盤於他身外的一副血脈筋絡，那是沒有了血色和血溫的血。

是的，她沒有可能去做一個大江希望的好女孩了。並不完全因爲四星。

四星就那樣孤身走了。爲她最終的背叛，他背叛了一切——故國、故人、故事，走得那樣杳然，像死。除卻心深處那點「眞」被擱得無著無落，她覺得四星這一走眞走乾淨了，她可以回到她剛進城時的單純和輕快中去了。

「嘿，好久沒見你這麼猴了！」大江也這麼說。當大江這麼說，她馬上覺出種彆扭。對於大江，她心裏有多少永遠的秘密、多少不該全歸罪她的過錯啊。

他們都不提四星的走，雖然他剛走才一個月。更不去提淮海的死和程司令的病以及孩兒媽進入第三期的癌。他約她出來走走就是想走出那災禍氣氛。他大聲談一切與程家人無關的事，聲之大像夜路行人吆喝著給自己壯膽。他不再神氣活現；他像有了閱歷，曉得些利害，極懂事的男人了。他的模樣也變許多，不那麼少年氣了，由於腿傷未癒，他腋下仍拐著木夾。他在笑時嘆，也借嘆來笑。他也複雜了。

「我不想等傷好了，我要回雲南。這裏要悶死人的。」他們在冰冷的石欖上坐下。餘陽紫紅，北海上沒有一個溜冰的人。

「嗯。」霜降笑得很甜美。她已相信他在和她動眞的了。

「我走了，你呢？」他問。

她說她好好讀書唄。

「你等不等我？」

她拿眼問：什麼意思？

「等我幹出點樣子，等人再不指著我脊梁嘀咕：那是誰誰的兒子，靠他老子飛黃騰達的，我會回來找個也不靠老子的女孩，不，女人，帶她走。那樣的女人才會隨我走到哪她跟到哪。什麼高幹，權貴，什麼誰的爸爸是誰誰誰，我噁心了。那個時代也過去了——看看我們家的所有兒媳，你就明白草鞋貴族的日子到頭了。那時她們一個個飛進程家，現在少奶奶癮過足，又碰上出國瘟，看看，一個接一個都飛了出去，嫁老外了。她們比寒暑表還精確。現在程家子弟都回來，死的逃的都算上，能聚兩桌光棍麻將。」他笑了，也嘆了。不嘆，他會笑不出。

霜降看著他凍白的嘴唇，仍有一邊翹得老高。心灰意冷中的大江仍有他的驕傲。

「草鞋權貴，就那麼點氣數。以後在軍樂隊前節拍都踩不準的老爺子們就都不見了，該看我的了！」他胭骨挫幾挫，握霜降手的手也痙攣幾下。

「我什麼都和他們不一樣，我偏要愛一個從農村來的女孩！」他瞪著結冰的湖面說。

霜降輕叫哎喲我的手！

他不理，仰頭說等著瞧吧。沉默一小會，他把她手往他懷裏拉，問她手怎麼會這麼冷。她說腳才冷呢，都木了，不敢沾地。他笑道不敢沾地我背你吧！說了便硬叫霜降站到石櫈上，他拄了拐恭身等著。她說不行，別拿你那傷腿鬧。他就倔著不直身，催：快呀快呀！霜降倔不過他（她突然發現在程家男人面前她誰也倔不過，不管多不情願末了都是她順從，他們得逞。）試著往他背上伏，剛離石櫈他便踉蹌倒了。

霜降去拉他，他說我成心的。她知道他不是成心的，他太要面子。再笑，他便把她拉倒，開始吻她。開始吻一下便看看她，後來他把眼一閉，吻得死一樣沉。

回到霜降宿舍樓下已是近十點。他約她下星期見，他看她時眼深得讓她怕。

「唉，我告訴你了嗎？」他好像冒出件不關緊的記憶。

霜降問：什麼呀？

「我住在一個同學家。他一套兩臥室的房不住，跟我們家子女一副德性，全擠在父母家。下次我們在那兒見。這是鑰匙，這是地址。」一切似乎都不是未經準備。

霜降說，我送你去汽車站。

他說不用，我截輛出租汽車。

霜降又說那我就陪你一截。

他說：你怎麼這麼好？他情緒中全是滿足。你別老想我啊，要好好讀書。

我又不是小孩，你老這麼說。

我最怕無知的女人。

她不吱聲了。她又聽出了不滿足。

嗨，車！快點快點，霜降！說句暖和的，天冷啊！

她擡擡眼，馬下又垂下眼，笑，肩稍一扭。下星期再說，她說。

車走了，他眼睛一直黏在車玻璃上。他最後幾乎快活起來了，變回頭次見面那樣吵吵嚷嚷：下星期我死等你啦！

而下個星期她讓他空等了。那一個星期發生了許多事；發現懷孕，找醫院，找能僞造證件的人僞造她的一切身份證件，找個男人僞裝她的丈夫在醫院的緊急處理措施上簽字，以防人工流產的不測風雲。一個星期之後的她徒然離罪惡近了一大截，講了一個星期的謊言！她在沒有尊嚴的笑和媚顏中發覺了生活的輕便。也同時發覺那個與大江走到一塊的可能性早被招斷了，大江離罪惡多麼遠！

她在大江「死等」她的那個下午走到最擁擠的街上，步子很衰弱。她知道她可以享受一回大江，但她不願最後這點神聖也給弄混淆了，那才是徹底無救的混淆。孩子很可能是四星的，是四星對她的背叛的懲罰。也有可能是那個樓霸的，因了他霜降才有張免費的鋪位。她無心追究那個已去了的孩子——自己的過去就是那樣渾沌不清的一團熱血。

她對所有人都不辭而別。也是在這一個星期，有人推薦她去一家服裝店售衣，服裝店開在大賓館裏，這對她來說頗新奇。這也比「好好讀書」的好女孩省事多了。

然而她留給大江的卻是個好女孩。一個好女孩的心靈。他若願意，他可以帶它走。我就那樣跟你走，絕不礙事地占據那個最小的角落。於是她從痛苦中嚐到一點兒甜。

她從程家院裏的人嘴裏知道，大江已離開北京回部隊了。他詢問過：有沒有誰知道霜降的地址，她借了我書。他樣子急躁，魂不守舍，像是那些書很要緊。

小保姆們嬉皮笑臉地問：你眞借了他書？

霜降「嗯」一聲。

什麼書啊？

你們管呢！

都說是大江在供你讀書？

嚼舌根子！

他喜歡死你啦！……

你們歇歇吧。

……哭啦？捨不得他走哇？不得了，霜降哭啦！要不要我們送加急電報叫程大江回來？

她們拍她搖她，以爲他與她之間就那麼哭哭笑笑的一場輕浮。

不是一場輕浮又能是什麼呢？這時站在老將軍病床前的霜降想。從老將軍那雙生老年斑的手初次觸到她的身體時，一個大江心目中的好女孩就死在她體內了。從此她的心和身幹的是兩回事。她變成了自己越來越說不清的東西。最說不清的是：她並不那麼讎恨這個老年男人；她在他無意識的羞愧表情中原諒了他。

孩兒媽這時已站在霜降身邊了。

霜降說：有什麼東西響得怪。

孩兒媽安詳而冷漠，像沒聽見霜降的話。

好像是氧氣管那兒在出聲音。霜降聽聽說道。孩兒媽仍不理會她的緊張。看樣子她心裏有數：何必讓他這樣被動地活著呢？他一輩子敢做敢當，對死也該是拿得起放得下的。雷一樣轟轟地活，就該電一樣迅猛地死。她與他作對了一輩子，最後這件事該依順他。也許孩兒媽就這麼定了主意，眼看床上的老將軍臉紫了，仍是不動。

霜降想離開，她不願分擔孩兒媽殺人的欲念。孩兒媽曲裏拐彎帶口信給霜降，說垂危的將軍念她，難道是想再借一份怨恨？……孩兒媽這時向霜降擡起臉。臉端莊極了，所有的忍辱負重形成了它特有的端莊。臉也溫柔極了，一切委曲求全勾勒出它的溫柔。臉卻也猙獰，六根清靜的淡泊就是它的猙獰。臉這樣朝著霜降，是要她懂得什麼呢？寃孽間相互的報復便是寃孽式的愛與親情？……這一家子，這一世界就這樣愛出了死怨出了生。

霜降多麼想懂得她。

最終孩兒媽以一個極快的動作捺了急救電鈴。什麼使她改變了主意？將軍的死也將不是他一個人的事。那座院落中的人會馬上失去住處，失去那輛黑色「本茨」（儘管它也開始「老」了），失去廚子保姆孫管理，失去許多你預先無法估計的便利。還有很重要的一點：躺著直至永遠的老將軍可以像一塊好莊稼田，月月從他身上長出五百圓薪水，對了，孩兒媽也許還顧慮到遺產爭端：幾乎所有程姓兒女都算計父親的十幾本集郵册，其中有五六本是他從一個日本高級軍官的遺物中繳獲的，據說這些郵册價值上百萬圓。她不願活著看到這一幕；反正她的鼻癌沒給她剩多少日子，就讓那些日子少些自相殘殺吧。

她似乎在利那間想通：還是讓老將軍痲煩百出地活著吧，長在這張床上，一月長出五百圓。她這樣決定著，用電鈴喚來了一大羣醫生護士。一屋子白大褂掀著藥腥的風。

霜降告辭了。她覺得孩兒媽最後看她的樣子像人看一條懂得許多秘密的狗。霜降走出醫院，忽然意識到，她對程家老少三個男人有進一步理解時，都是當他們在病床上的時候。這是個宿命的巧合。

初春的太陽刷在她身上臉上。她不再是個農村少女，不再是個小保姆，不再是個女工和女學生。她什麼也不再是了。她的自由在初春的太陽裏顯得無邊無際又不三不四。

尾聲

距前面那個故事已有五年。

這五年中，人總是發現許多一夜間發生的變化。一夜間，一些高樓冒出土。一夜間，街上盡是西裝革履、私營公司的經理。中國南方城市的無數「包治性病」的廣告也是一夜間貼滿了新牆舊牆。一夜間，往往一切的一切都出沒在幾圈麻將上。

新牆舊牆夾出的路通向一處住宅區。宅子都是雙層小樓，方方一塊小院。走到院，你就聽到牌「唏唎唏唎」地響。屋裏擺了兩張牌桌，五六盞燈點著，你仍是看不清什麼。

樓的主人是女的，誰也不知她哪兒弄來的這幢樓。她在香港有個男人，男人養她卻不娶她。她不孤立，她有的是與她身份相仿的女朋友女鄰居。

她迎進一撥新客人，跟在人尾的是個男的，腿有殘疾，怎麼掩飾你在頭一眼也看出了。他瘦削，個不高，一種傲氣使他顯得不矮。領他來的人說這是程大江，就是名將程在光的兒子啊。

女主人：哎喲！她伸出手去握，心想誰他媽知道什麼程在光。哪輩子的事了，還值得在這兒提。

聽了這話，在屋角沙發上坐著的一個年輕女人猛地向上一引頸子。她見那個有殘疾的男人穿得不考究，甚至有些寒酸。她還見他由於懼生而警覺。人漩渦了一瞬，很快又沉澱到牌桌上。他被冷落了。

隔了一會，就著洗牌的「唏唎」，這桌上一個男人對那桌上的一個男人說：「上次我跟你提到的那個人，就是他——程大江。你不是缺個翻譯嗎？」

「有人了。不過也可以再僱一個，兩人競爭，都會賣力多了！」

「大江肯定賣力的！」

「那我也不見得馬上辭掉那個呀？」他轉向叫大江的：「我們的薪水不高嘅！」「大江不在乎薪水。對吧，大江？」

叫大江的掀起一隻嘴角來笑。他心裏一陣噁心！你們這些發了財的痞子拿什麼譜啊，我不是來求你們的！他卻還是不輕便地站起身，與那個賞他一碗飯的人握了手，還說了「請多關照」之類。

他的輕蔑以及掩飾了輕蔑的痛苦馬上被屋角沙發上的年輕女人看透。她太瞭解他的驕驁不羣。她隔了整個屋向他望去。

他也恰巧在望她。

她穿件深色衣裙，儘管粧很濃卻沒有這屋子男女張牙舞爪的感覺。她漂亮死了，叫大江的男人忍不住用了他曾經好用的「死」字來形容她。她頸子上、手指上、耳垂上都綴著不大的鑽石。她怎麼會這樣懂明暗對比？帶他來此處的人事先已告訴他，這樓裏出入的女人你都別去問她根底：在哪兒工作？結婚了嗎？丈夫是誰？你問也問不出實話。

女主人拉她打牌，她站起，坐下，那個又倔又溫順的樣兒使他想起另一個女人。她是個女孩。一個好女孩。

女孩是不會像她這樣得體地調笑的。年輕女人的手在牌上搓揉，嘴輕輕與人聊。有人聊到叫大江的男人，用憋腳透頂的廣東話。

「這種人，老子一垮，什麼都完。他老子在床上躺了五年，植物人。就那也不捨得讓他死。不死他還是某某的兒子，一死他就是已故某某的兒子。區別大了去！部隊以他腿傷爲理由讓他轉業了。在北京，當兵出身的誰要？窮得都要活不下去似的。這不，現在來這兒趕晚集來了。這地方江洋大盜早分了碼頭，誰認識你誰誰的兒子啊。再說人過去都被那些個誰誰欺負過；讓你坐本茨車，讓你住小樓，到了這個碼頭，逮著了讓我擠兌一回你。擠不死你混去，擠死你活該！……」

「聽說人家要做中國第一代現代化的軍事家呢！」

牌桌上人笑了。年輕女人也笑，但笑的同時轉臉去看那個叫大江的男人。

她看他向這邊走。他見她對他笑，馬上也笑了。

凌晨四點牌局才散。散時年輕女人看見叫大江的靠在屋角的沙發上睡著了。他一直在找機會跟她說話，一直在等她玩倦了回到沙發上去。她卻一直坐在那兒玩呀玩，其間兩人偶爾相顧一笑。

她從沙發上輕輕拿起自己的皮包，沒有驚動他。走到門口，她回頭又看他一眼，眼光很曲折，是真的曲折了。

三民叢刊書目

㉒海天集　莊信正著
㉓日本式心靈
・文化與社會散論　李永熾著
㉔臺灣文學風貌　李瑞騰著
㉕干儛集　黃翰荻著
㉖作家與作品　謝冰瑩著
㉗冰瑩書信　謝冰瑩著
㉘冰瑩遊記　謝冰瑩著
㉙冰瑩憶往　謝冰瑩著
㉚冰瑩懷舊　謝冰瑩著
㉛與世界文壇對話　鄭樹森著
㉜捉狂下的興嘆　南方朔著
㉝猶記風吹水上鱗
・錢穆與現代中國學術　余英時著
㉞形象與言語
・西方現代藝術評論文集　李明明著
㉟紅學論集　潘重規著
㊱憂鬱與狂熱　孫瑋芒著
㊲黃昏過客　沙究著
㊳帶詩蹺課去　徐望雲著
㊴走出銅像國　龔鵬程著
㊵伴我半世紀的那把琴　鄧昌國著
㊶深層思考與思考深層　劉必榮著
㊷瞬間
・轉型期國際政治的觀察　周志文著
㊸兩岸迷宮遊戲　楊渡著
㊹德國問題與歐洲秩序　彭滂沱著
㊺文學關懷　李瑞騰著
㊻未能忘情　劉紹銘著
㊼發展路上艱難多　孫震著
㊽胡適叢論　周質平著
㊾水與水神
・中國的民俗與人文　王孝廉著
㊿由英雄的人到人的泯滅
・法國當代文學論集　金恆杰著
51 重商主義的窘境　賴建誠著
52 中國文化與現代變遷　余英時著
53 橡溪雜拾　思果著

(54) 統一後的德國　郭恆鈺主編
(55) 愛廬談文學　黃永武著
(56) 南十字星座　呂大明著
(57) 重疊的足跡　韓　秀著
(58) 書鄉長短調　黃碧端著
(59) 愛情·仇恨·政治　朱立民著
·漢姆雷特專論及其他
(60) 蝴蝶球傳奇　顏匯增著
·真實與虛構
(61) 文化啓示錄　南方朔著
(62) 日本這個國家　章　陸著
(63) 在沉寂與鼎沸之間　黃碧端著
(64) 民主與兩岸動向　余英時著
(65) 靈魂的按摩　劉紹銘著
(66) 迎向眾聲　向　陽著
·八〇年代臺灣文化情境觀察
(67) 蛻變中的臺灣經濟　于宗先著
(68) 從現代到當代　鄭樹森著

(69) 嚴肅的遊戲　楊錦郁著
·當代文藝訪談錄
(70) 甜鹹酸梅　向　明著
(71) 楓　香　黃國彬著
(72) 日本深層　齊　濤著
(73) 美麗的負荷　封德屏著
(74) 現代文明的隱者　周陽山著
(75) 煙火與噴泉　白　靈著
(76) 七十浮跡　項退結著
·生活體驗與思考
(77) 永恆的彩虹　小　民著
(78) 情繫一環　梁錫華著
(79) 遠山一抹　思　果著
(80) 尋找希望的星空　呂大明著
(81) 領養一株雲杉　黃文範著
(82) 浮世情懷　劉安諾著
(83) 天涯長青　趙淑俠著
(84) 文學札記　黃國彬著

⑧⑤訪草（第一卷）

陳冠學　著

本書是作者於田園生活中所見所感之作，內有田園意，有家居圖，有專寫田園聲光、哲理的卷軸。喜愛大自然田園清新景象的讀者，將可從中獲得一份未曾預期的驚喜與滿足；另有一小部分有關人性與人生哲理的文字，則會句句印入您的心底。

⑧⑥藍色的斷想

·孤獨者隨想錄ABC全卷

陳冠學　著

本書是作者暫離大自然和田園，帶著深沉的憂鬱面對人世之作。一路上你將有許多領略與感觸，時或有天光爆破的驚喜；但多數時候，你的心頭將披著一襲輕愁，甚或覆著一領悲情。這是悲觀哲學，卻是被熱情、關心與希望融化了的悲觀哲學。

⑧⑦追不回的永恆

彭　歌　著

本書是《聯合報》副刊上「三三草」專欄的結集。作者以其犀利的筆鋒，對種種社會現象痛下針砭，冀望這些警世的短文，能如暮鼓晨鐘般，在這變亂紛乘的時代，起著振聾發聵的作用。

⑧⑧紫水晶戒指

小　民　著

俗世間的珍寶，有謂璀燦的鑽石碧玉，有謂顯榮的列鼎封侯。其實生活就是人生最美的寶物，不假外求。非常喜愛紫色的小民女士，以她一貫親切、自然的文筆，輯選出這本小品，好比美麗的紫色禮物，要獻給愛好文學也愛好生活的您。

⑧⑨心路的嬉逐

劉延湘 著

本書筆調清新幽默，論理深刻而又能落實於生活踐履。走一趟作者精心安排的「心路」之旅，您將莞爾一笑，心情頓時開朗。而您也將發現，原以為只是一條山間小路，結果卻是風景優美、鳥語花香的舒坦大道。

⑨⓪情書外一章

韓秀 著

情與愛是人類謳歌不盡的永恆主題，它為空虛貧乏的現代生活加添了無數的色彩。本書記錄下了作者在日常生活中感受到的親情、愛情、友情及故園情，在書中點滴的情感交流裏，在這些溫馨的文字中，我們是否也能試著尋回一些早已失去的東西。

⑨①情到深處

簡宛 著

本書是作者旅美二十五年後的第二十五本結集。身為一個教育家，作者以其溫婉親切的筆調，寫出篇篇充滿溫情的佳構，不惟感動人心，亦復激勵人性。將愛、生活與學習確實的體驗，真正感受到人生的有情，生命也因此生意盎然。

⑨②父女對話

陳冠學 著

一位老父與五歲幼女徜徉在山林之間，山林蓊鬱，山泉甘冽，這裡自有一份孤獨的甘美。本書是記述作者父女在人世僻靜的一個角落，過著遺世獨立的生活的文學畫。舉世滔滔，這應是一面明鏡，堪供讀者對照。

93 陳冲前傳

嚴歌苓　著

在好萊塢市場，多少人一夜成名直步青雲，又有多少人一朝雲中跌落從此絕跡銀海。身為一個中國人，陳冲是經過多少奮鬥與波折，身為一個聰慧多感的女子，她又是經過多少的心路激盪，才能處於這洶湧波滔中。本書將為您娓娓道出陳冲的故事。

94 面壁笑人類

祖　慰　著

本書是有「怪味小說派」之稱的大陸作家祖慰，在巴黎面壁五年悟得的佳構。他的散文神遊八荒，情貫萬里，將理性的思惟和非理性的激情雜揉一起。讀其作品既能吸收大量的科普知識，又可汲取其飄逸文風的美感享受。

95 不老的詩心

夏鐵肩　著

夏先生一生從事文化工作，大半心力都用在鼓勵培植有潛能的青年人，助他們走上文學貢獻之路。而他本身亦創作出不少的長短佳文。本書收錄計有：詩詞小品、散文、方塊評論等。作者一顆不老的詩心，洋溢在篇篇佳構中。

96 雲霧之國

合山　究　著

使中國風土之特殊性獨具一格的，與其說是天地的廣大，不如說是因塵埃、雲煙等而為之朦朦朧朧的自然空間吧！精氣、神仙、老莊、龍、山水畫、奇書等，其產生是有如何玄妙的根源啊！就以「雲霧」為起點，讓我們一起走進這美麗幻夢般的世界。

⑨⑦北京城不是一天造成的

喜樂 著

打從距今七百五十多年前開始，北京城走進歷史的繁華紛亂。現在，且輕輕走進史冊中尋常百姓的那頁，一盞清茶、幾盤小點，看純中國的插畫、尋純中國的足跡。由博學多聞的喜樂先生做嚮導，就讓你我在古意盎然中，細聆歲月的故事。

⑨⑧兩城憶往

楊孔鑫 著

霧裏的倫敦、浪漫的巴黎，除此之外，這兩城你可還留有其他印象。本書是作者派駐歐洲新聞工作二十多年的記錄。透過作者敏銳的筆觸，且讓讀者徜徉在花都、霧城的政經社會、文化藝術、風土人情以及歷史背景中。

⑨⑨詩情與俠骨

莊因 著

一顆明慧的善心與眞摯的情感，經過俠骨詩情的鑄煉，將生活上的人情世事，轉化爲最優美動人的文句，呈現出自然明朗灑脫的風格。文學對於作者而言，不僅是興趣，更是他的生命，但他不泥古而創新，在其文章中俯首可拾古典與現代的完美融合。

⑩⓪文化脈動

張錯 著

「我是一個文化悲觀者，因爲我個人一直堅持某種希臘式的古典禮範，而這種文學或文化古典禮範，已日漸有如夫子當年春秋戰國的禮崩樂壞。」作者就是以這顆悲憫的心，用詩人敏銳的筆觸，深刻而熱切的批判著臺灣的文化怪象。

⑩ 桑樹下

繆天華　著

本書是作者在斗室外桑樹陰的綠窗下寫就的小品散文。作者試圖在記憶的深處，尋回那些感人甚深的、發人深省的、或者趣味濃郁的人文逸事，不惟激勵讀者高遠的志趣，亦能遠離消沈，絕望的深淵。

⑩ 牛頓來訪

石家興　著

本書爲作者三十多年來從事科學工作的心情寫照，包括思想、報導、論述、親情、遊記等等。文中處處流露出作者對科學的執著與熱愛，及超越科學之外的人文情懷，篇篇清新雋永，理中含情，情中有理，爲科學與文學的結合，作了一番完美的見證。

⑩ 深情回眸

鮑曉暉　著

作者生長在一個顚沛流離的時代，雖然歷經千辛萬苦，但行文於字裏行間，卻不見怨天尤人；有的只是對以往和艱苦環境奮鬥的懷念及對現今生活的珍惜，以及世間人事物的觀照及關懷。做爲一本懷舊之作，或是清新的生活小品，本書皆爲上乘之作。

⑩ 新詩補給站

渡　也　著

你寫過新詩嗎？你知道如何寫一首具有詩味的新詩？本書是由甫獲得「創世紀四十周年創作獎」的詩人兼詩評論家渡也先生，深入而精闢的剖析一首新詩的形成過程，指導初學者從如何造簡單句到如何寫出一首詩，是一本值得新詩愛好者注意的書。

⑩⑤鳳凰遊

李元洛 著

一生從事古典與現代詩論研究的大陸學者李元洛先生，如何在放下嚴肅的評論之筆，轉而用詩人細膩的筆觸，摹寫山水大地的訖行，以及人生轉蓬的寄悵，書中句句是箴話、處處有眞情，值得您細品。

⑩⑥文學人語

高大鵬 著

忙碌的社會分散了人們的注意力、淡化了人們對身旁人事物的感情，任由冷漠充塡在你我四周……而本書的作者以感性的筆觸，表達了自己對身旁人事物的眞心關懷，以平實的文字與讀者分享所遇所感，無疑是給每個冷漠的心靈甘霖般的滋潤。

⑩⑦養狗政治學

鄭赤琰 著

身處地理、政治環境特殊的香港，作者藉由動物的百態來反諷社會上種種光怪陸離的政治現象，在其輕鬆幽默的筆調背後，同時亦蘊含了嚴肅的意義。這一則則的政治寓言，讀之不僅令人莞爾一笑，更具有發人深省的作用，批判中帶有著深切的期盼。

⑩⑧烟塵

姜穆 著

作者是一位出生於貴州的苗族人，卻意外的捲入戰爭。在臺娶妻生子後，所抒發對戰亂、種族及親人的眞誠關懷。內容深沉、筆觸清新，充分顯露在生活的烈焰煎熬下，早已視一切如浮雲，淡泊名利，將其一生的激越昂揚盡付千里煙塵中。

⑽ 河宴　鍾怡雯 著

人間繁華的請柬處處，不如赴一場難得的野宴，聽一回水的演奏、看一場山的表演，再來細細品味鍾怡雯爲您端出來的山野豐盛清淡的饗宴——極盡可口的綠、十分道地的藍，以及不加調味料的白。

⑾ 滬上春秋　章念馳 著

章太炎，這位中國近代史上的思想家、政治家，曾因領導戊戌變法失敗而流亡海外。他雖是浙江餘姚人，卻有大半輩子的歲月是在上海度過。本書是由章太炎的嫡孫章念馳先生，從家族的口述和史料中，完整的敍述章太炎的這段滬上春秋。

⑾ 愛廬談心事　黃炎武 著

每個人心中都有一枝彩筆，然而在趕遠路、忙上班的歲月裏，杭頭上的日升月降中，像拋來擲去的跳丸，彩筆就這樣褪去了顏色……本書作者在辭去沉重的教職和繁雜的行政工作後，重拾心中的彩筆，爲您宣說一篇篇的文學心事。

⑿ 吹不散的人影　高大鵬 著

時代替換的快速，不知替換了多少人生舞臺上出現剎那的面孔；而人類，偏又是最健忘的族羣。本書中所收錄的文章，均是作者用客觀的筆，爲曾替人類社會或文化默默辛勤耕耘的「園丁」們，做最眞實的文字記錄。

⑬草鞋權貴

嚴歌苓 著

曾經叱吒風雲的老將軍，是程家大院的最高權威，九個承繼他刁鑽聰明的兒女，則個個心懷鬼胎……一個來自鄉下的伶俐女孩，被命運的安排，走入這權貴世家。威權的代溝、情份的激盪、所有內心的驕傲與傷痛，這會是怎樣的衝突，怎樣的一生？

⑭是我們改變了世界

張 放 著

從事文學藝術的工作者是「人類靈魂的工程師」。如果作家不能提高廣大讀者的精神生活品質，而僅爲娛樂人心、滿足人們的好奇和刺激。那麼與馬戲團的小丑或兜售春藥的小販何異？故而作者不禁要問：是我們改變了世界，還是世界改變了我和你？

⑮夢裡有隻小小船

夏小舟 著

日本人參加婚禮愛穿黑色、日本料理味輕單調、日本人性格分ABCD、還有情書居然可以賣……於日本教書的大陸作家夏小舟，在本書除了告訴你作者旅日的見聞趣事外，也且隨她乘坐那夢裏的小小船，航行向那魂縈夢遷的故國灣港中。

⑯狂歡與破碎

林幸謙 著

你可曾聽過溯河魚的傳統？憑著當初離開河源的記憶，激勵著牠們回到了河川盡頭的故鄉。寧願冒著生命的危險，也不願成爲溫暖海洋中的異鄉客。本書作者由溯河魚的傳統，引入海外華人的悲調，一種狂歡與失落、破碎而複雜的心靈面貌。

⑪⑦哲學思考漫步

劉述先 著

同樣的環遊世界旅行，企業家看到的是廣大的市場和商機；觀光客沉迷的是風景名勝和購物；文人墨客則歌詠人類史蹟與造物的奧祕。而哲學家呢？本書作者以其敏銳的邏輯思考，在具體的形象世界中悠遊漫步。期待您經由本書而拓寬自己的視野。

國立中央圖書館出版品預行編目資料

草鞋權貴／嚴歌苓著. --初版. --臺北市：三民，民84
面； 公分. --(三民叢刊；113)
ISBN 957-14-2214-2 (平裝)

857.7 84001342

著作人 嚴歌苓
發行人 劉振强
著作財產權人 三民書局股份有限公司
臺北市復興北路三八六號
發行所 三民書局股份有限公司
地 址／臺北市復興北路三八六號
郵 撥／〇〇〇九九九八——五號
印刷所 三民書局股份有限公司
門市部 復北店／臺北市復興北路三八六號
重南店／臺北市重慶南路一段六十一號
初 版 中華民國八十四年三月
編 號 S 85297
基本定價 叁元貳角
行政院新聞局登記證局版臺業字第〇二〇〇號

ISBN 957-14-2214-2 (平裝)